eike m. falk

ortsbestimmung.hamburg

© 2020 eike m. falk

Herstellung und Verlag:
BoD - Books on Demand, Norderstedt

ISBN: 9783752627015

ortsbestimmung.hamburg

ich beginne an diesem ort, der ein ort ist zweifellos und zu jeder zeit.

vielleicht sollte ich aber besser von einem standort sprechen, von meinem standort nämlich, der sich innerhalb dieses ortes verschieben kann.

ich könnte sogar, da ich jederzeit ein smartphone bei mir trage, meinen genauen standort angeben, auf die sekunde genau.

mein gegenwärtiger breiten- und längengrad wäre: 53.596953 nord, 10.050659 ost.

bramfelder chaussee. hamburg. deutschland.

es ist 8.19 uhr morgens, und ich sitze in einem bus der linie 8, der mich von poppenbüttel nach wandsbek bringt.

während ich dies niederschreibe wird sich mein standort bereits wesentlich verschoben haben.

ich bin in bewegung.

ich führe ein bewegtes leben.

weswegen mir diese exakten angaben eigentlich bedeutungslos sind.

ich werde sie aber, man darf es ein spiel nennen, das ich leichtfertig begonnen habe, beibehalten.

was mich dazu veranlasst die daten für den hamburger hafen, und zwar diejenigen des eurogate containerterminals, als allgemeinen orientierungspunkt festzulegen.

diese lauten für den

breitengrad: 53.527206 nord

für den
längengrad: 9.918959 ost
die gps-koordinaten lauten:
53° 31' 37.942 nord
9° 55' 8.252 ost
ich gedenke sie als richtwert zu nutzen, als den scheibenmittelpunkt, nach dem ich meinen jeweiligen standort verschiebe.

wenn wir uns die koordinaten vergegenwärtigen, stellen wir fest, dass hamburg auf einer nördlichen breite liegt, die in etwa mit dem südzipfel von alaska übereinstimmt. humboldtstrombegünstigt herrscht in hamburg ein sehr viel gemäßigteres klima.

so sehr, dass ich mich wohl genug fühle in dieser stadt.

ich wohne in dieser stadt. ich arbeite in dieser stadt. ich versuche in dieser stadt zu leben und zu überleben.

wie jede großstadt ist auch hamburg eine schmutzige stadt, wenn auch lange nicht so schmutzig wie berlin, und längst nicht so schmutzig wie new york.

den begriff des schmutzes lege ich dabei sehr großzügig aus. der leser mag sich darunter vorstellen was er will, es wird sich schon als richtig erweisen.

und sollte keinesfalls abwertend zu verstehen sein. eine nicht-schmutzige großstadt wäre ein freak, ein monster, eine abscheulichkeit.

ich denke etwa an singapur, eine stadt, die ich zwar nicht kenne, von der ich aber schlimme dinge gehört habe.

hamburg ist mir schmutzig genug.

die bleiche schöne, die nicht am meer, und doch an der see liegt.

der hafen ist der hafen, und die elbe ist der verlängerte arm des meeres. eines teiles des meeres, genauer gesagt, den wir hier die nordsee nennen.

ich denke mich an die elbe.

2

dort stehe ich, nicht weit entfernt von den landungsbrücken.

ich würde gerne sitzen, doch dafür ist es zu kalt, es ist anfang januar.

ich sehe möwen aus dem dunst aufsteigen, die silhouetten ein- und ausfahrender schiffe, die schwarze wand der docks von blohm & voss, die verladeanlagen der containerterminals.

ich füge die feuchte des nebels hinzu, die die lücken zwischen schal und mantel zu erkunden beginnt.

damit wäre der äußere standort ausreichend skizziert.

vorläufig.

vorläufig will ich mich damit zufrieden geben.

ich stelle fest: es wäre an der zeit mich einer inneren ortung zu widmen.

ich zögere noch etwas, denn der versuch die inneren koordinaten bestimmen zu wollen, folgt keinem eindeutigen algorithmus, es ist das gerade gegenteil, es ist

heurismus. ich sehe mich vor einer ungewissen ausgangs-
lage mit unbestimmbaren folgen.
mehr noch: von einem ziel oder gar einem zu er-
wartenden ergebnis reden zu wollen, verbietet sich von
vorne herein.
es ist der sprung ins kalte wasser.
nein. nicht das der elbe.
ich brauche mir zusätzlich zu meinem schnupfen nicht
auch noch eine lungenentzündung zu holen.
der nebel, die wabernde feuchte sind mir mehr als genug.
und doch werde ich mich dem fluss anvertrauen.
ich werde weitergehen. nach övelgönne.
unterwegs kann ich mein herz ausschütten, den verstand
überfließen lassen.
oder umgekehrt.
oder gar nichts davon.
oder mehr noch.

ich werde sein wie der fluss
mit allen seinen erinnerungen
und dem, was daraus fließt
über glatte steine und schroffe felsen
ein kristallklarer fluss am morgen
unter bäumen, schattig, der das vieh tränkt
kinder laufen mir zu
nachts flüstern die liebespaare
tauchen ihre augen in den trügerischen schein meines
wassers
in dem sich die brückenbögen spiegeln
manchmal werde ich wild

schone das leben nicht, bringe den tod
öffne die türen
den städten, den menschen, den vielen
deren blut ich zu fassen bekomme
deren gedanken sich regen in meinen armen
ich bin der fluss, der in den menschen fließt
baum und blatt
rose, stein
tisch und anker
wort und werkstatt
ich, das alles

3

ich gehe. ich folge dem fluss.
die hafenstraße. der fischmarkt. die fischauktionshalle.
der elbspeicher. der holzhafen.
das cruise center altona. das in die elbe hineinragt wie der
bug eines schiffes.
ich gehe weiter. ohne hast.
auch wenn nun regen einzusetzen beginnt. der richtige
regen.
als ob an regen etwas richtig oder falsch sein könnte.
natürlich meinte ich die nebelfeuchte. als den falschen
regen. falschen hasen.
mich meinte ich nicht.
das sind spielereien.
ich bin ein spielkind.

ich suche einen ort, an dem ich mich nach herzenslust meinem spieltrieb hingeben darf.

ein café. eines mit überdachter terrasse, wo ich mir von zeit zu zeit eine zigarette gönnen kann. vom denken auszuruhen, neue denkmuster zu empfangen.

denn das ist einer der effekte des rauchens. es wirkt wie ein katalysator. zumindest bilde ich mir das ein. darum rauche ich. noch.

es gibt kein 'noch'.

ich spiele schon wieder. mit mir.

gut so.

so gerät jedes koordinatensystem durcheinander.

ich betrachte die entlaubten bäume, das wasser.

die bäume sehen verwahrlost aus. ein baum ohne blätter ist wie ein vogel in der mauser. unansehlich.

so muss man ihn ansehlich machen.

baum
baum
schlaf du nur
träume
singe deinen traum
ich höre dich summen
zwei möwen umkreisen dich
dann sind sie verschwunden
und du träumst einen neuen traum
singst eine neue melodie
ich höre dich summen
wie die bienen
die schlafen

11

wie du
schlafen
und träumen

beinahe wären mir die augen zugefallen

4

ich weiß nicht mehr zu sagen, ob die anwesenheit oder
das fehlen salzhaltiger luft den größeren anreiz ausübten
meine sehnsucht zu beflügeln.
ich sitze wie eingefroren, eisweiß.
es sind nicht die reisen, die ich selbst unternahm, es sind
reisen in eine fernere vergangenheit, die aber auch nicht
die vergangenheit der alten spanischen kartographen ist.
es ist keine historische vergangenheit, meine gedanken
schweifen darüber hinaus, schweifen sich ab in kons-
trukte der fantasie.
es ist etwas, das in uns allen wohnt, und von alters her.
einen gegenentwurf zum bestehenden zu schaffen.
wenn ich jetzt nach indien reiste, wäre ich zwar nicht
enttäuscht, ich würde mir neue anregungen holen. doch
wozu?
wenn ich jetzt hier sitze, kann ich mir ein eigenes indien
erschaffen, ein eigenes mexiko.
zweifellos hat es etwas mit dem alter zu tun, früher hätte
ich anders darüber gedacht, anders gehandelt, auch ohne
nachzudenken.

ich hätte die nächste gelegenheit ergriffen, das nächste
schiff bestiegen - und wäre aufgebrochen.
geblieben ist die sehnsucht der salzigen luft.
eine andere nun. in gedanken.
ein anderer reiz. nicht minder verführerisch.

5

so geschieht, wie es - nein - nicht immer geschieht, doch
wie es jeder von uns immer wieder erlebt. es kam alles
ganz anders als ich es erwartet und geplant hatte. meine
gedanken nahmen einen perspektivwechsel vor, ohne
mich vorher darüber zu informieren.
ich bestellte mir einen weiteren kaffee und trat hinaus auf
die veranda, eine zigarette zu rauchen, mir die bunten
märkte mexikos vorzustellen.

6

flüsse. ich liebe flüsse. vielleicht sogar mehr noch als das
meer.
flüsse sind unbestimmter, haben gurgelnde stellen und
biegungen, hinter denen sie sich verstecken.
der fluss ist ein zauberer, ein magier, seine nebel sind die
nebel von avalon.

schon sehe ich mich in einem kleinen boot auf der themse treiben.

es sind augenblicke wie diese, da liebe ich die literatur wie das leben, mehr noch, wie einen gesalbten himmel liebe ich sie, wie etwas, das man mit unvorstellbarer leidenschaft liebt.

denn die emotionen, die bilder, sie werden greifbar, sie sind da, sie sind so wahr, wie die möwen, die über dem weidenviereck kreisen.

die themse. ich kann sie riechen wie sie war. ihren damaligen duft in mich aufnehmen.

es ist ein duft, der entsteht, wenn die eingeweide eines herings zutage treten. doch noch ist der tag kaum angebrochen.

die themse. our mutual friend.

es liegt keine zweideutigkeit darin, wenn wir den fluss, wenn wir jeden fluss so nennen. wenn es bei dieser benennung bleibt.

ein suchendes auge streift über das wasser hin, ein erfahrenes auge, eines, das noch der leichtesten missregung im wellenschlag ein zeichen zu entnehmen vermag. wir wissen es: ein leichenfledderer.

flüsse sind eine totenbahre.

sie sind es nur nebenbei.

sie sind unsere freunde, aller menschen freunde, was uns nicht nur ein gefühl, sondern die sicherheit von gemeinschaft und gemeinsamkeit vermittelt.

sie sind es von der geburt bis zum tod.

dieser ist nur eine wasserscheide.

unser leben gleicht einer immerwährenden flussüber-
querung.
wir fahren mit der fähre hinüber. und gleich wieder zurück.
diese frau dort drüben, in einem früheren dasein ist sie
ein tintenfisch gewesen, der hat mich gefressen.
ich kann mich aber nicht mehr entsinnen, welch ein
geschöpf sie fraß.

7

ich betrachte die schillernde oberfläche meiner seele.
die wie ein marienkäfer getüpfelt ist.
in diesen tupfen sind alle farben vertreten, die ein
mensch fähig zu sehen ist.
wenn ich ein igel wäre, ich sähe alles einförmig grau.
nur die raupen und würmer nicht, die sich in hellen
beigetönen hervorheben.
doch was sagt das über mich oder über den igel aus?
nichts.
oder: etwas typisch menschliches.
eine anhäufung von fakten ohne auf ein gegründetes
wissen hinzusteuern.
erscheint dem igel auch der autoreifen taubengrau, oder
wandelt er sich brennendrot?
was verstehe ich von der liebe?

8

wozu ein fluss doch alles verleiten kann ...

denn ich behaupte, dass es auf den fluss zurückzuführen ist, unmittelbar.

es ließe sich einwenden, dass er nur den äußeren rahmen abgegeben habe.

in diesem fall hätte ich ebensogut eine waldschänke aufsuchen können.

doch waldschänkengedanken, auch waldgedanken sind etwas völlig anderes.

ich werde diese behauptung bei gelegenheit auf die probe stellen.

doch im frühjahr erst.

derzeit ist es im wald eher ungemütlich und die waldschänken haben geschlossen.

auch den fluss und das café am fluss habe ich längst hinter mir gelassen.

es ist ein anderer tag. es ist kalt, minus zehn grad, ich bin wieder unterwegs und denke über die ewigkeit nach.

es könnte die ewigkeit der kälte und die ewigkeit der liebe sein, es könnte auch der bus sein, in den wir eben alle einsteigen wollten, schutz vor der kälte zu suchen, ohne richtig hinzusehen.

feierabend!, rief uns der fahrer zu. er hatte schichtende.

wir steigen wieder aus.

unser bus kommt erst in zwei minuten. eine ewigkeit.

doch immerhin hatten wir etwas zu lachen. sogar der fahrer lachte mit uns. es war einer dieser momente ...

wollte ich sagen - für die ewigkeit?
aber bestimmt.
ist es nicht so, dass der begriff der ewigkeit eine relative
anwendung findet im hinblick auf etwas, das mit dauer
und beständigkeit zu tun hat?
und doch ist die ewigkeit von großer, ja größter bedeutung. ein zauberwort, dem man zauberzusammenhänge
wünschen möchte, das man in tüdelchen schreiben sollte,
mit ganz vielen ausrufezeichen.

oh, diese ewigen belehrungen!
ewig und drei tage.
aber keine sorge. zwischen gestern und morgen ist alles
vorbei.

9

jahreswende

wenn die kälte kommt
wenn das eis geht
wenn die gänseblümchen erfrieren

das eis geht
auf den flüssen
staut sich die gemächlichkeit
eines jahres
das hat sich verlebt

mit augenringen
krähenfüßen
tief eingekerbt

das eis erstickte die gänseblümchen
die ihre köpfe neigen
es werden stiefel kommen
sie zu zertreten
wie stets

werden die böller lauter knallen
das schießpulver schärfer werden

wie stets
werden die trunkenen lallen
torkeln
wird es eine fleischplatte geben
pastetchen mit dem
fein gewürfelten fleisch
der kälber

ich sage: sturm
und der sturm geht
mit augenringen
krähenfüßen
der vorhang ist gefallen
und wie oft
noch
wird es kein ende nehmen

10

zweifellos wird diese niederschrift, mit der ich nun
begonnen habe, eine art tagebuch sein.
möglicherweise eine abhandlung über das scheitern, das
nichtgelingen.
auch damit wäre etwas erreicht. auch im unvoll-
kommenen, im rückschritt selbst offenbare ich mich. und
offenbaren will ich mich, werde ich mich.
schonungslos? nein. noch finden sich momente, da
schrecke ich vor mir selbst zurück.
es wird sich zeigen.

11

billstraße, zweite januarwoche.
die straße, der kein licht leuchtet.
kopfsteinpflaster, löchrig, dazwischen asphalt gestopft,
längst aufgebröselt.
es ist die gegend der weitläufigen lagerhallen, von firmen,
deren namen kaum zu entziffern, geschweige denn aus-
zusprechen sind. andere firmen haben hier ihre billigen
büros, es sind diejenigen, denen die vornehmen adressen
ohne bedeutung sind.
noch immer stapelt sich der müll. reste von böllern,
raketen. alkoholflaschen. mehr hochprozentiges als bier.

die stadtreinigung hat sich also nicht blicken lassen. es tritt sich fest, wird man denken.

doch woher stammt der ganze müll, hier wohnt doch niemand, oder?

doch.

dort in den containern. die leute aus dem kosovo, vom senegal.

die autos stehen in doppelreihe, baufällige kisten, luxuslimousinen, alles durcheinander.

die höfe vollgestopft mit alten möbeln, autowracks, autoteilen, elektroschrott, computermüll.

eine polizeistreife habe ich noch niemals durchfahren sehen.

falls jemand sein gestohlenes fahrrad suchen sollte, hier wird er es finden.

danach zu suchen verbietet der gesunde menschenverstand.

dies ist eine besondere art von freihandelszone.

die stadt wird sich nicht einmischen.

sie ist auf billige weise den abfall los. menschen und mobiliar.

meine anwesenheit wird geduldet. die hier wohnen und arbeiten spüren instinktiv, dass auch ich von der straße lebe nach meiner art.

man spricht mit mir.

fragen stelle ich keine.

es gibt eine grenze, die nicht zu überschreiten ist.

es ist so. wenn der sturm tobt.

dann fühle ich meine hilflosigkeit.

fühle sie mit äußerster intensität, wenn er in die bäume fährt.

selbst die größten und stärksten wissen ihm keinen widerstand zu leisten.

ich habe angst um sie.

weniger um mich.

ich bin ein menschenkind, das weiß, wie zerbrechlich es ist.

fühlend, lauschend, spürend.

ich spüre die geräusche auf.

den wind, der gegen die hauswand schlägt.

er durchdringt das holz, die fensterscheiben, durchdringt mich, lässt die kerzen flackern.

dann ist ein moment der stille.

schon fährt er wieder in die bäume, wieder und wieder.

ich höre sie rauschen, als ob sie sich in qualen schüttelten.

sie weinen.

wenn ich sie doch trösten könnte, streicheln.

ich gerate in einen zustand der erstarrung, wie kurz vor dem ersticken.

ich denke an den schimmelreiter.

ich denke an arthur gordon pym und die wut des kataraktes.

ich denke an eine möwe. eine große arktische möwe, von der man mir heute erzählte.

sie hatte sich in einem müllcontainer verfangen.

man fand sie schwach und blutverschmiert von ihren
vergeblichen ausbruchversuchen.
wahrscheinlich hatte sie schon seit dem wochenende
darin gesessen. gefangen.
man hat ihr eine rampe gebaut, damit sie sich befreien
konnte.
es gelang. sie torkelte davon, schleppte sich von pfütze zu
pfütze. trank. geschwächt.
was wird mit ihr geschehen sein? wird sie diesen sturm
überhaupt noch erlebt haben?
und wenn - würde sie ihn überlebt haben können?
es ist so erbärmlich, dieses leben.
ich bin ohne trost. klein und ausgeliefert.

13

der winter ist eine unausgesetzte gefangenschaft.
es gibt weiß und schwarz und alles was dazwischen liegt.
es gibt kein darüberhinaus.
zwischen schwarz und weiß erschöpft sich das leben.
ein gefälle, auf dem es abwärts gleitet.
dichter nebel nimmt es auf.

in diesem nebel streckt ein bleicher tod sich aus.
es ist eine illusion.
die agonie des willens. dann des denkens.
ein krampfen, ein zucken.

ich versuche mich zu wehren, dagegen aufzubegehren.
versuche mich in die einsamkeit zu retten, licht aus-
zugießen.
wie gleichgültig das mitleid sein kann.
und wie stark der wunsch sich zu erbrechen.

ein zweifacher glockenton.
ein entferntes rauschen, das verkehr bedeuten könnte.
menschen, andere menschen, die dem nebel zu ent-
kommen suchen.
eine massenflucht, die ich versäumte.

14

die kälte ist ein monster.
sie kriecht die fassaden der häuser hinauf.
sie klettert über den balkon.
sie verschafft sich zugang durch die balkontür, die ich
offen gelassen habe.
nun kriecht mir die kälte zwischen die schulterblätter.
von dort kriecht sie mir durch die brust.
ich sehe, wie ihre fingerkuppen meine brustwarzen be-
rühren.
ein gefühl wie ströme von flüssigem eis.
winter.
und ein tag ging über das land.

der tag ging, und die krähen flogen.
die krähen flogen über das land.
bis sie einen baum fanden, in dem ließen sie sich nieder.
auf diesem baum schliefen sie.
am anderen morgen lagen sie tot und steif unter dem baum

es war eine prozession von blumen.
die straßen waren bedeckt mit blumen.
pferde wateten in den blumen.
auf den altären stapelten sich die blumen.
menschen atmeten ihren duft.
dann fielen sie um.
wie die krähen vom baum gefallen waren.

nachdem ich dies aufgeschrieben hatte, wusste ich keinen grund.
ich verstehe es so, dass man nicht durch jede tür gehen kann.

15

erinnerungen an ein kaltes land im norden

sonnenuntergänge im winter.
da ist nichts worauf zu achten wäre.
oder hat jemals jemand einen sonnenuntergang im winter beschrieben oder gar bedichtet?

ich wüsste nicht. und wie denn auch.
die sonne ist ja kaum da gewesen.
wie sollte man dann ihr verschwinden wahrnehmen?
sie ist einfach weg.
dann ist nacht. winternacht.
dunkel. schwarz.
wolkenverhangen.
manchmal ein stern.
der erfriert über dem wald.
ein neuer tag bricht an.
öde leere, öde felder.
ein licht stülpt sich auf am horizont.
als ob es dort eine tischkante gäbe.
an der hält es sich fest, es krallt und krallt.
es fehlt ihm die kraft höher zu steigen.
du schaust kurz hin.
mitleid regt sich. schon hast du es vergessen.
es schafft es nicht. du weißt es ja.
da ist ein tag. den musst du bewältigen.
irgendwie. so gut es geht.
wolkenverhangen. grau und bleich.
ich verlasse das haus.
zeit verstreicht.
einige dämonen versuchen ihre möglichkeiten abzu-
wägen.
sie springen mir auf die schulter. dann lassen sie es
bleiben.
wie das licht, das schwindsüchtig am horizont klebt.

es verliert seinen halt, seine hände greifen ins leere.
nacht.
und erneut.
das tor fällt zu.
ich stehe ihm gegenüber.
auge in auge.

16

kaum ist der frost vergangen, sind die spatzen wieder da.
und laut!
und ich freue mich, unmäßig. darüber, dass sie über-
dauert haben, die kleinen überlebenskünstler.
einfach wird es ihnen nicht geworden sein.
unterm dach werden sie gekauert haben, dicht an dicht,
unter den ziegeln.
sie werden leise geatmet haben, leise stunden und tage.
hoffen und bangen.
nun sind sie da, und erzählen mir geschichten vom
frostmann, der hat kalte stiefel an.
die haben sie ihm abgepickt. nun dürfen sie triumphieren.
doch der winter ist noch lange nicht vergangen.
der frost wird zurückkehren, der schnee.
sie werden leben.
sie werden da sein, wenn die schlüsselblumen ihre hälse
recken.
und ich.

17

ich glaube nicht, dass es das böse gibt.
ich glaube auch nicht, dass es das gute gibt.
man begegnet ihnen nicht auf der treppe, dreht sich um,
und sagt:
'oh, entschuldigung, sind sie nicht ...?'

---

das absolut böse gibt es.

---

das teuflische, das nach kafka in gestalt des guten eine
treibjagd veranstaltet.
es jagt mich durch die wälder. ich werde zerschunden,
zerstochen, verbogen.
ins gute jagt mich das teuflische in gestalt des guten.
das gute will ich nicht.
ich weiche zurück ins böse.

---

prometheus

die götter zürnten
die adler fraßen
die götter wurden müde
die adler wurden müde
die maden saßen im fleisch

18

die schritte der menschen verstummen.
weil in der ganzen stadt der ton ausgestellt wurde.
das leise 'wow!', das ich noch aussprechen wollte, ich höre es nicht.
ich bin stumm.
auch das 'kling' der möwen, wenn sie auf den laternenköpfen landen, ist nicht mehr.
ich denke unwillkürlich an ein aquarium.
doch in einem aquarium ist es niemals still. die fische reden unaufhörlich.
ich mache den mund auf und zu.
nichts.
ich muss wohl noch üben.
ich schwimme zur bahnstation hinüber.
die s-bahn hängt in der luft wie der kotfaden eines guppys.

19

wenn das sein bäume versetzte, wäre die philosophie am ende.

20

menschen verirren sich.
menschen irren umher, orientierungslos.
und doch kommen sie irgendwo an.
weil der ameisenstamm keinen vergisst, noch den
geringsten mit sich reißt.
jeder kadaver findet verwertung, vermittelt dem
ameisenstamm einen gewinn, der seinen fortbestand
sichert.

so ist der mensch, so kann er sein, so denke ich.
ändere ich mein sein, ändere ich meine adresse.
ändere ich meine gestalt, werde ich ein fetzen papier,
den hat der wind in die büsche geweht.

21

menschliche wesen.
schön, schlau, und wirksam.
sie alle hat der bus am ak altona ausgespien.
ich allein bin übrig geblieben.

wie ein glasfaserkabel treibe ich durch die straßen.
mit einem losen fühlerende taste ich, sinnlos.
schlägt mir das herz eine wunde.

22

es ist freitag, der 13. januar.

breitengrad: 53.65829 nord
längengrad: 10.10709 ost
höhe: 29 meter

schnee. es hat schnee gegeben über nacht.
der wintervorhang ist gefallen.
wieder einmal.
und wie oft.
noch.
wird es kein ende haben.

23

werwolfkatarakte.
es geht um worte ohne sinn.
gedanken ohne schleusenkammern.
---
ich berichtige.
jedes wort, das meine gedanken bilden, hat einen sinn,
kommt in die schleuse, wird auf die reise geschickt.
die werwolfkatarakte sind diejenigen katarakte, an denen
sich die werwölfe gerne versammeln.
wir haben vollmond.

da werden die menschen entweder besonders schläfrig,
oder sie verwandeln sich in geschöpfe der nacht.
die ziehen hin zu den werwolfkatarakten.

---

ich könnte, da es naheliegend ist, die werwolfkatarakte
auch in eine werwolfkaderakte umgestalten.
wir würden hierbei nur etwas in die vergangenheit reisen.
demnach würde es sich um die kaderakte des
parteigenossen werwolf handeln.
denkbar wäre auch eine geheime akte des im werwolf,
den es noch aufzuspüren gilt.

---

kurz und bündig:
jedes wort gewinnt einen sinn.
wenn die gedanken in die schleusenkammer fließen.

24

die nacht ist eine einsame violinspielerin auf dem paul-
nevermann-platz.
die obdachlosen sind in ihre schlafsäcke gekrochen.
die tauben picken unermüdlich.
die tauben kennen keinen schlaf.
sie sind unser schlechtes gewissen.
darum hassen wir sie.
die nacht hat sie nicht überfallen.
sie alle nicht, nicht mich.
die nacht lächelt.

es ist das lächeln eines jungen mädchens.
der funkelt ein brillant im linken nasenflügel.
ein kleines stück von einer kleinen melodie.

25

ich hasse die tauben nicht, ich bedaure sie.
wir menschen haben sie dem heimischen schlag entrissen
und einer feindseligen freiheit überlassen.
darin leben sie wie gefangene.
darum nicken sie beständig mit den köpfen.
es hat sie der irrsinn gepackt.
sie dauern mich.
wie sie einherhinken. mit ihren abgetrennten zehen, zer-
schnittenen füßen.
als ob dort jemand in den schatten ginge, des nachts, mit
einem skalpell in der hand.
einer, nicht weniger dem irrsinn verfallen. ein blutiger
adept der chirurgie.
irgendwann ereilt es eine jede von ihnen.
ihr hinken gleicht ihrem flug. ein aufsteigen in unbe-
stimmtheiten.
ein leben zwischen liebessehnsucht und todesfluch.
dem irrsinn preisgegeben.

die stadt hat mich in atem gehalten.

ich bin gelaufen. ich habe zu denken gehabt.

so will ich eine atempause nehmen.

dann ist es gut, den blick in den himmel zu richten. der ist von einem weichen, lichten blau.

es könnte ein sommerhimmel sein, an einem sommernachmittag.

nun schieben sich einige wolken darüber. das ermattet die sonne.

mit jeder wolke ermattet sie mehr.

nur knapp noch gelingt es ihr sich über dem dachfirst zu halten.

noch zwei oder drei wolken, dann wird sie dahinter verschwunden sein.

dann kommt ein früher winterabend, dann wird es nacht, dann kommt der frost, eisweiß hüllt er die stadt und das leben ein.

das leben stirbt in einer winternacht.

selbst in der stadt. es stirbt.

ich mag mir selbst nicht glauben.

und doch ist es so. es ist kein sterben, das den tod zur folge hat. es ist ein metaphysisches sterben.

etwas, das zu akzeptieren ist, als die erste begründung.

für was?

für mein denken, das wieder einsetzt, meine füße, die sich erholten. das bedürfnis eine zigarette zu rauchen bei einem kaffee.

das leben stirbt nicht.

wenn es das ist, dann ist es das.

27

manchmal erscheint mir die ewigkeit.
es ist eine frau, die auf dem balkon steht und sich
herunterbeugt.
---
auf den straßen begegnen mir so viele lächelnde
menschen. gott ist fair.

28

alles verdunkelt sich unter der sonne, alles ballt sich, alles
will widerwärtig sein.
die sonne wühlt mit allen armen, reißt sich blaue
himmelsflecken auf. ein instandsetzungswerk.
der tag hilft kräftig mit, schiebt wolken beiseite.
es ist ein ewiges geschiebe, diese winterweite. die will
nicht weichen. die hat sich hartnäckig im boden fest-
gekrallt. die gräser sind vereist, fragile gebilde, stößt du
dagegen mit dem schuh, brechen sie. es ist eine schande
und eine traurigkeit.
und doch habe ich noch nie einen solch erfüllten winter
erlebt.
weil es ein gedankenreicher ist, weil ich mich jeden tag
der mühe unterziehe.
ich denke nach. ich fasse einen gedanken aus der luft,
greife ihn vom straßenrand auf, lasse ihn balancierend
über die fingerspitzen laufen, betrachte ihn ausgiebig,

suche und finde ihm worte, die mal angemessen, mal völlig übertrieben sind.

es ist ein spiel. ein spiel in gedanken und worten.

es ist mehr.

es gestaltet sich wie ein haus, das langsam wächst, dessen umrisse erst nach und nach erkennbar werden.

einen vorgefertigten plan gibt es keinen.

es wächst zu etwas unvorhergesehenem, unvorherseh-barem an.

dort füge ich ein fenster ein, dort eine tür, darüber ein kleines türmchen.

es wächst, und ich habe gefallen daran.

wenn ich etwas nicht gelungen finde, berichtige ich es, oder ich fange ganz von vorne an.

so dürfen sie nur weiter widerwärtig sein, diese wintergeister. entweder schiebe ich sie beiseite und verwandele sie in frühlingsfrohe elfenwesen, oder ich ignoriere sie ganz und reise gleich zur königin hatschepsut weiter.

natürlich hat auch der winter selbst seine schönheiten, die will ich nicht verleugnen, also wird dem türmchen heute eine weiße krone aufgesetzt. die schimmert wie ein schatz in der sonne, die leuchtend ihren platz erobert hat.

29

ich verstehe die menschen nicht, die alles schlecht finden und schlecht reden müssen.

diejenigen, denen es wirklich schlecht geht, habe ich niemals jammern hören.
die haben dafür keine zeit.

---

man sollte einen verklärungstunnel bauen. wer da hindurchgeht, hat alles vergessen.

---

auf der anderen seite erwartet dich dein bundestagskandidat und drückt dir einen kugelschreiber in die hand.

30

ich höre, wie sich zwei frauen über eine abwesende freundin unterhalten. eine nutte soll sie sein. sie meinen es aber nicht böse mit ihr.
es ist ja auch nichts weiter dabei. es geht um notwendigkeiten und bedürfnisse.
ein dickicht ist die vergangenheit, ein brachfeld der tag, darüber reiten die götter.
mit etwas glück rutscht ihnen eine wunderlampe aus der satteltasche und du hebst sie auf.
im glas blühen die tulpen, weiß und rot.
ich denke an keramik. einen hellen rotton. ich denke an gubbio und orvieto.
wir führen eine diskussionen um die art, wie mütter die kinder zum essen riefen. das war vor langer zeit.

das dickicht breitet sich aus. die götter reiten.
es gibt gewohnheiten wie knäckebrot zum joghurt und einen kleinen hoffnungsschimmer. eine alte frau streckt mir die hand entgegen, die ich ergreife.
sie erzählt ihr leben. und erzählt es ein zweites mal. ich verstehe.
jede weitere version macht mich gefügiger für eine welt, in die ich gekommen bin atem zu holen.
gleichzeitig wunder zu empfangen.
denn das licht umgrenzt uns nicht, es hüllt uns ein.
ich durchquere die stadt wie eine raupe, die sich über einen brombeerzweig hangelt.
wir tragen jahrhunderte auf den schultern, jeder von uns.
mein schrittzähler sagt, es sei genug, doch ich glaube, ich könnte leicht noch ein jahrhundert dranhängen.
es erfüllt mich die hoffnung noch einmal eine sandburg bauen zu können.

31

der sommer ist noch weit, doch die zitronenscheibe, die auf meiner weißweinschorle schwimmt, ist anderer ansicht.
ich möchte den versuch wohl wagen.
ich atme ein und aus.
dann zünde ich mir eine zigarette an.
während ich den rauch aufsteigen lasse, stellt sich das ersehnte aroma der leere ein.

auf der anderen seite empfangen mich sonnengluten.
männer, frauen und kinder, alle in weiß gekleidet, mit breitrandigen sonnenhüten.
sie stehen in einer sandfarbenen wüstenlandschaft und haben eine unzahl farbeimer um sich versammelt.
sie schütten die farben in den sand, woraus ein gewimmel bunter schlangen entsteht.
ein heiterer glockenton schwimmt in der luft.
im hintergrund eine ungestüm wiehernde pferdeherde.
ein nahestehender reicht mir eine flasche.
das getränk lässt meine augen überquellen.
ich weiß, dass es nur einen augenblick ist zur ewigkeit.
wenn mir jetzt nur die beine nicht versagen.
eine der schlangen verwandelt sich in einen stock und bietet mir halt.
dies alles, bevor mein kopf niedersinkt.
im aschenbecher sehe ich die zigarette verglimmen.

32

einen becher dämmerung habe ich getrunken.
die autos haben die lichter eingeschaltet.
die gesichter der menschen beginnen zu verstummen.
noch halten die möwen ihre positionen besetzt.
ein blinder gitarrenspieler findet seinen weg.
ich spüre die müdigkeit eines blauen tretrollers.
er hat gelebt.
er ist so oft dem tod von der schippe gesprungen.

in einer stadt, in der die apotheken überstunden machen,
hat das viel zu bedeuten.
die nacht schaut mir ins gesicht.
ich weiß, es ist an der zeit dieser lust ein ende zu bereiten.
keine umarmungen mehr.
ich bin um einen tag älter geworden.
doch dich stört das nicht.
gleich wird alles still.
um fünf uhr wird die zeit einen kopfstand machen.

33

warum sind nachtfalter vom licht angezogen, wo sie doch
geschöpfe der dunkelheit sind?
oder ist es eine todessehnsucht, die in ihnen schlummert?
sollte das ihre bestimmung sein?

34

verborgene schönheiten aufspüren.
auf meiner liste dessen, was zu schaffen wäre:
erkennen, dass dieser busch frische zweige treiben,
diesen braunen boden grünes gras bedecken wird.

wie holzscheite, säuberlich aufgestapelt, sind die gedanken nicht, nicht das gebäude.
wie in einer bauwagensiedlung geht es zu.
eine buntzerwürfelte anarchie.
so ist es richtig.
ich werde auch keine ordnung schaffen.
im gegenteil. sobald ich mich dabei ertappe, wie ich einen
scheit auf den anderen packe, schleiche ich mich heimlich
zurück und werfe es wieder auseinander.
ich bin kein beamter mit seelengamaschen.
ich kann es mir leisten chaotisch zu sein.
ich kann es wie ein gourmet zelebrieren.
und das werde ich!
ich werde weiterhin die brachfelder loben in ihrer schmutzigen einsamkeit.
die wie ich den frühling erwarten.
doch in gedanken blühen sie schon.
sie blühen immer. und im winter vielleicht noch mehr.
ich müsste noch aufmerksamer lauern.
darauf, dass sie sprechen, dass sie reden, erzählen.
das tun sie nicht immer.
sie wissen mehr als ich. sie wissen mehr als wir alle.
das, was ich weiß, schmeckt mir gut.
und es gibt ja noch mehr.
es gibt die u-bahn-schächte. die wie ein brunnen voller
möglichkeiten sind.
daraus quillt es unentwegt.
menschen. so viele menschen!

ich möchte sie alle packen und fragen nach dem woher,
und warum.
ich werde alles notieren. wie es kommt, wie es geht.
fluchten, geburten, scheidungen, illusionen.
das bin alles ich. das sind alles wir.
ich werde salzbrezeln essen und süße rundstücke.
ich weiß, was ich fühle, und dass ich einen körper besitze.
ich bin kulisse, komparse, hauptdarsteller.
ich bin auch der kleine hund, der über die bühne springt.

36

ich verliere mich nicht. kein mensch geht verloren.
wer sich nicht denken möchte, denkt sich nicht.
wer sich nicht kennen möchte, kennt sich doch.
er ist dann möglicherweise genügsam geworden.
einen vorwurf mache ich ihm daraus nicht.
er lebt.
wer weiterdenkt, lebt nicht weniger und nicht mehr.
es ist nur ein anderer weg.
einer durch die wälder, verirrt im gestrüpp.
na bitte, sage ich mir - selber schuld.
es ist nur so, dass ich auf das hexenhaus stoßen könnte.
oder auf das schloss, in dem die prinzessin wohnt.
die grünen drachen könnte ich spielen sehen im ausmaß
der gezeiten.
darum, aber ...
aber dann doch.

es ist doch so, dass man schreiben muss, weil da was sitzt
im kopf, das macht einen satz.
das springt einfach auf, und springt fort, und vergießt
gedanken wie einen liter milch.
und dann ist da ein wort, und ein satz, ein anderer satz,
und der will gesprochen sein.
und der will geschrieben sein. der will da sein auf der welt,
in deiner welt, will kuchen backen und marmeladentoast
essen. oder was weiß ich.
wenn er da ist, ist es gut. hauptsache, es kommt nichts
dazwischen. zum beispiel wenn du pinkeln musst, und
dann ist da dieser satz, und du hast nun zwei dinge zu tun,
dich aufs pinkeln zu konzentrieren und auf den satz, dazu
braucht es schon einigen übermut.
es ist einfach so.
aber jetzt ist er ja da, der satz. und nun kann es weitergehen.

es gibt sie, die tage, die wie eine haifischflossensuppe
daherkommen, die niemand essen möchte.
es gibt die anderen, die eine möglichkeit sind. die steht
am anfang.
die steht schon da, wenn du den fuß aus dem bett
schwingst.

während du zwischen luft und boden schwebst, weißt du, dass dort draußen die lichter angehen für dich, dass alle geräusche dir gehören, dass die katze des nachbarn dir das erste lächeln schenken wird.

darum ist dieser ort geschaffen, eine harmonie, die wesenhaft wird, die sich an dich schmiegt wie ein flauschiger bademantel.

wohligkeit, und ein bild, das sich in deiner kaffeetasse manifestiert.

es wird dein zweites lächeln dieses tages sein. eine kostbarkeit.

39

ich fahre ans ende der welt.

es ist eine dieser gegenden, die es in jeder stadt gibt, die das ende aller hoffnungen bedeutet.

wer hier wohnt, hat es nicht geschafft, hatte keine chancen, hat sich aufgegeben, hat sich weggeworfen.

und lebt. lebt mit allen fasern seines herzens.

es ist eine welt, in der man weiß, was der schrecken der geburt bedeutet, und der fluch der herkunft.

es ist eine welt, wo der becher kaffee in der kleinen bude achtzig cent kostet, und wir, die wir um den kleinen wackeligen tisch stehen, uns unterhalten, als wäre die erde soeben den urfluten entstiegen.

an der großen kreuzung steht das macdonalds. dort treffen sich die vertreter und die großen und die kleinen dealer, wenn sie von der autobahn kommen, um erste geschäfte zu bereden.

gegenüber eine wiese, brachland, dort finden die kleinen zirkusse, die es noch immer gibt, eine bleibe, eine zuflucht den winter über, und noch immer ziehen sie mit ihren eseln und guanakos los, um in den kneipen und ein-kaufspassagen um geld zu bitten, lassen ihre blechdosen scheppern, mensch und tier hungert.

nebenan ragen die hochhäuser in den babylonischen himmel. aus dem es eis regnet.

40

53.600425639019036 nord
9.922285079956055 ost

kein gitterkreuz, keine klaren geometrischen formen. die sind eine illusion, ein hilfskonstrukt für den strukturen suchenden menschen.

es handelt sich eher um ein geflecht von linien. ähnlich denen, die auf der handinnenfläche verlaufen.

sie sind schwer zu durchschauen.

die wollen sich verlaufen wie die gewässer der taiga.

ich stehe in der küche einer alten frau. die ist blind und gelähmt und singt den ganzen tag. ich singe mit ihr, während ich das essen bereite.

wir sind fröhlich.

trink, trink, schwesterlein trink.

an der wand hängt ihr hochzeitsfoto.

der mann ist ihr davongelaufen.

sie sieht ihn nicht mehr.

die kinder kommen nie zu besuch.

wir singen.

schön ist es auf der welt zu sein ...

es ist ein gewohnter ort für mich.

ein ruhepunkt auf meinen wegen durch die stadt.

durch das fenster sehe ich die gegenüberliegenden häuser, von denen traurige balkone hängen.

von den balkonen traurige kübelpflanzen in winterstarre.

meine finger streichen über die spüle, verharren einen moment auf der kalten metallenen fläche, dann finden sie sich wieder.

wir singen.

que sera, sera ...

das essen ist fertig.

ich reiche es ihr an.

während sie kaut wärme ich ihre hände.

das macht sie verlegen. freut sie aber auch.

ich weiß, dass ich ihr in diesem moment liebhaber bin, schwester und mutter zugleich.

nach dem essen rauchen wir eine zigarette.

es ist alles so, wie es sein sollte.

die welt hat sich zugeklappt. wie ein buch.

41

die menschen sind begierig nach abenteuern. nach der glotze, nach fantasy-spielen.
wenn der bus im stau steckt, werden sie ungeduldig.
sie verschränken die arme vor der brust und laufen rot an im gesicht.

an der haltestelle august-kirch-straße gibt es ein großes restaurant. dubrovnik.
die gesichter der menschen haben sich einen grünen farbton angeeignet.
wahrscheinlich brauchen sie gleich eine sauerstoffmaske.

ich muss jetzt den durchblick bewahren.
der laufladen an der ecke scheint keine kundschaft anzuziehen.
die im bus sitzen japsen nach action.
in der friedensallee sitzen geier an der bordsteinkante.
---
der anblick der geier hatte mich grausamkeit gelehrt.
ich griff nach dem nothammer und schlug die scheibe ein.

42

die meiste zeit ereignet sich nichts.
die menschen sitzen herum.
in der bahn hören sie musik.

eine frau telefoniert lautstark mit der mutter.
ein direkter hang zum exhibitionismus.
---
stumpfsinn in den lagerhallen. stumpfsinn im büro.
bei der rückfahrt wird musik gehört.
der mir gegenübersitzende mann schneidet grimassen.
er sieht aus, als ob er im rathaus arbeiten könnte.
wahrscheinlich tut er das auch.
nun sitzt er da und schneidet grimassen.
die aktentasche wird zum artefakt.
der direkte übergang in den wahnsinn.
der findet vor dem fernseher statt.
allumfassend.
was danach geschieht, möchte ich gar nicht mehr wissen.
ich habe den empfang ausgeschaltet.
---
die liebe hat sich eingerollt wie ein weinblatt.
das braucht jetzt eine leckere füllung.
keinen reis, auf gar keinen fall reis.
irgendetwas mit ingwer vielleicht. und hagebutten.

43

irrtum ausgeschlossen!
heißt es hoffnungsfroh optimistisch
irrt, wer ausgeschlossen
wer im unbekannten sitzt
niemals dort gewesen ist
wo der irrtum ausgeschlossen

die zerfetzte bunte einkaufstasche hängt noch immer im gebüsch.

seit oktober letzten jahres hängt sie da, fahre ich daran vorüber.

kurz vor wandsbeker chaussee hängt sie, auf der rechten seite, wenn man von barmbek kommt.

meistens nehme ich ja keine notiz mehr davon, heute morgen aber habe ich den blick vom buch gehoben, darin stand etwas, worüber nachzudenken war, genau zum richtigen zeitpunkt.

und der tag ist gerettet.

ist er. ja.

ein fetzen beständigkeit, und die welt ist wieder kugelrund, wo sie vorher eingeditscht und zerknautscht war.

ich denke. und denke.

plötzlich bin ich schon jungfernstieg.

die fliesen an den wänden machen einen strahlenden eindruck.

na sowas!

ob sie die geputzt haben? extra meinetwegen?

dass die dunkelheit nicht mehr gefangen bleibe.

sie konnte entweichen über nacht.

nun ist sie richtung stadthausbrücke abgezogen.

ich winke ihr zu, unterwegs, erleichtert.

fühle mich von allen übeln befreit.

spreche worte, die ich schon verloren glaubte.

worte, die sich zu sternbildern sammeln.

45

die menschen verstehen nichts.
wenn ich ihnen erzähle, dass ich gestern ein kind
gegessen habe, glauben sie es mir.
darum halte ich mich lieber an die tiere.
wenn ich einem hasen sage, dass ich gestern einen fuchs
geschlachtet habe, weiß er bescheid.

46

es lebt in uns menschen ein seltsames tier.
das möchte mücken umtanzen.

47

ich weiß nicht wann
zwischen den vielen verderblichen untergängen
der sonne
und der menschheitsträume
die herztöne ausgesetzt hatten

doch es muss wohl so sein
denn nun geht es ans leben
und überleben
in den städten und wüsten

bleibt nur die wahl
zwischen hunger und gier

es erwartet keiner mehr ein morgenrot
wo es auftaucht
ist es schon vergessen
die menschen haben aufgehört
zu schmecken und zu riechen

die scheinwerfer sind
auf tod und verlust gerichtet
die schranken
einmal mehr überwunden

und ich lege die hand auf mein herz
mir war das risiko bekannt

48

straßen zu durchwandern ist, wie eine bühne zu betreten,
dich zwischen den schauspielern zu bewegen.
du schaust dich um, etwas unsicher, weißt nicht, was du
davon zu halten hast, wirkst noch etwas linkisch, unbe-
holfen, weißt nicht warum du hier bist, noch, was von dir
erwartet wird.
denn es muss doch einen grund geben, der dich auf dieses
podium gestellt hat.
der grund ist das leben. das leben ein grundloses spiel.

eine undurchschaubarkeit des ersten blickes, etwas, das sich zu verhüllen sucht.

masken, kostüme, hinter denen sich charaktere verbergen, dann gestalt annehmen.

du beginnst zu begreifen. das ist ein großer augenblick!

zu verstehen. und zu wissen, dass du teil geworden bist.

es liegt nun an dir, eine rolle anzunehmen.

ich rate dazu, es nicht zu übertreiben. eine rolle genügt für den anfang, auch wenn du dich zu höherem berufen fühlst.

wandele von einer seite der bühne zur anderen, stolziere, schreite, marschiere.

du kannst dich auch in eine ecke verkriechen, du kannst dich an die rückwand der bühne stellen.

zieh ein buch aus der tasche, vertiefe dich darin.

oder bleibe unbewegt stehen, den blick in weite fernen gerichtet, so, als wartest du auf einen zug, der dich zu deiner liebsten bringt, oder in die stadt deiner träume.

vieles ist möglich. probiere dich aus.

das stück dauert einen ganzen tag. und eine ganze nacht.

du bist dein licht, dein schatten, deine anwesenheit.

du bist deiner bewusstheit bauch und gerippe.

du bist es, der an die rampe tritt und zu erzählen beginnt.

49

der himmel ist ein reglementierter raum.
auch dort droben haben wir menschen unsere grenzen
abgesteckt.
dort jagen zwei militärjets die küste herunter, etwas
gemächlicher fliegt die kleine sportmaschine.
zum glück kümmert die möwen das nicht.
die spielen allezeit die verspielten narren, eine göttliche
komödie mir vor.
ich stelle vergleiche an.
stelle den himmel in den spiegel.
wenn ein spiegelbild den spiegel verlässt -
was ist es dann?

50

hamburg liebt die sonne.
denn die sonne liebt das wasser.
dann wird der himmel tiefer blau.
---
außerdem gibt es den tod in seiner zweideutigkeit.
darüber gilt es nachzudenken, wenn der himmel den
wasserspiegel verliert.
es sind die weißen fassaden der alsterarkaden, die haben
dem himmel die weiße entzogen.
wie die kreidefelsen von dover stehen sie da.
oder wollen sie venedig sein?

doch das nördliche licht ist ein anderes.
und möwen sind nicht sanft wie die tauben.
sie signalisieren gefahr.
denn wie nackt erscheint doch das blau ohne weiß. wie
bloßgelegt.
bald wird es nicht mehr zu verbergen sein: der himmel ist
porös geworden.
risse zeigen sich deutlich auf.
es beginnt zu tröpfeln, dann rinnt es, dann strömen die
fluten.

---

es ist der tod, wenn man zu kennen glaubt, ist es verloren.
wer meint, den schleier lüften zu wollen, muss mit blind-
heit geschlagen sein.

---

welches ist mein linkes auge, wenn ich in den spiegel
blicke?
der, den ich sehe
bin nicht ich
ich habe eine andere auffassung.

---

die koordinaten stimmen nicht überein.
hier werden sinnesdaten gesetzt.
ich bin nicht.
ich nehme mich wahr.

---

ich werde mich beiseite schaffen.
wenn die sonne es gut mit mir meint.
bliebe ich als baum erhalten.
ich wäre schon zufrieden als wurzel.

51

die welt - könnte man glauben - besteht nur aus sport-
plätzen und gehirnchirurgien.
wobei sich das zweite aus dem ersten ergibt.

---

so hat man auf einen schlag den monismus entbunden.

---

während der dualismus traurig um den erdball kreist.

52

lebenserwartung fortgespült.
sturzbetrunken am frühen nachmittag.
es sind nur zwei.
zwei von 7,5 milliarden.
das ist nicht übertrieben.
sie nehmen niemandem den platz.
sie haben schon lange keinen gipfel mehr bestiegen.
das schwindelerregende leben liegt hinter ihnen.
nun wird es in rasender fahrt bergab gespült.
kreuzmüde sinken sie nieder.
weil keine sonne da ist.
sagen sie.
ich gebe ihnen recht.
scheiße.
sagen sie.
es ist aber nicht so gemeint.

grau trabt die erinnerung durch den raum.
die freunde sind fort.
die beiden allein sind übrig geblieben.
wir sind alle nur marionetten.
das schicksal zieht an den schnüren.
aber wir stehen darüber.
hass und neid.
emotionale verkalkung zerstört das leben.
sie lieben sich sehr.
in ihre liebe tauchen sie ein.
wie in einen dunklen wald.
gesicht drängt an gesicht.
körper an körper.
es könnte in einem buch geschrieben stehen.
davon ist nur ein exemplar noch vorhanden.
bier wird darüber vergossen.
tränen vermieden.
sie sinken sich in die arme.
wie hunde, die einander beschnüffeln.
sich ihrer einzigartigkeit versichern.
zwei von 7,5 milliarden.
das ist nicht zu viel.

53

es gibt keinen zweifel an der sinnlosigkeit des lebens.
ich gehe an einem fenster vorüber, darin eine topfpflanze
vor sich hin vegetiert.
über ihr hängt ein goldener weihnachtsstern.

es hat sich nichts verändert.
in all den jahren nicht, da ich daran vorübergehe.
---
verlassene räume.
menschenverlassene gardinen.
die pendeluhr schweigt.
ein geschnitztes reh neigt sich zum äsen.
die nachgedunkelte fotografie einer hochzeitsgesell-
schaft.
---
der fliegenschwarm steigt unter die decke auf.
was da liegt, könnte einmal jemand gewesen sein.

54

meine gedanken sind ein doldenblütler
ausladend liederlich
streben in alle richtungen
breiten ihren blütenstand aus
nach hier nach da
krautig wurzig fahl
sich windend zuckend
wie ein laternendieb
dem die puste auszugehen droht

aber sie sind immer da
unausrottbar

mit augen
ringsum
tastgerecht
mit greifarmen
ausgestattet

die stille
überwuchernd
das getöse
ins kraut zu schießen

lassen
sich nicht unterkriegen

ein b-moll-akkord
nachdämmernd
in der nacht

und der tag
ein glaspalast

55

frühlingsgeschmack auf den lippen, einzähniger
löwenzahn auf den wiesen, heinzelmännchengedanken,
die einbildung, dass es mein verdienst wäre, nicht ganz so
abwegig, sind doch die maulwürfe erwacht, werfen
frische erdhügel auf, wie von zauberhand.
---

die zauberhand betrachte ich.
ich besitze sogar zwei davon.
die knöchel sind etwas spröde geworden, könnten einen
tupfer handcreme gebrauchen.

56

ich betrachte meine hände, die noch immer spröde sind
vom wunderwirken.
das kommt vom desinfektionsmittel, das ich im anschluss
stets verwende.
man weiß ja nie was man schafft.
was man schuf ist von unvorhergesehenem in keinster
weise befreit.
es könnte ein gedünstetes seehechtsfilet ebenso daraus
hervorgehen wie die gonokokken.
beide sind mir aber nur in den sinn gekommen, weil ich
mit diesen worten neuland betrete.
es ließe sich eine neue weltgeschichte erfinden, die diese
beiden begriffe, als bilder, zum ausgangspunkt wählt.
man könnte die geschichte eines seehechts erzählen, der
wegen der unachtsamkeit eines seemannes unvermutet
infiziert wurde. dieser seehecht nun landete auf dem
teller des marquise de sade, der sich auf diesem wege die
gonokokken holte.
den weiteren verlauf würde ich offen, beziehungsweise
der fantasie des lesers überlassen.
so werden neue welten geschaffen und neue erkennt-
nisse gewonnen.
so erhält das leben qualität und leuchtkraft.

57

aber das gericht hat sein urteil gesprochen.
das holz ist verdammt zu brennen.
die steine zu schmelzen.
die seele ewiglich.

58

betrachtungen.
eine betrachtung anstellen.
sich und die welt betrachten.
das, was man sieht.
in sich aufnehmen.
zurückfallen lassen.
einen ausdruck suchen.
schönheit.
wenn ich an sprache denke.
rede ich von welten.

59

etwas in den wind schießen.
sich um eine erfahrung bereichern.
einen hörsturz erleben.
ohne einen gewissen makel
bliebe am ende kein rest.
wer sollte dann die maske des rächers überstreifen?

60

es sind alle so unerschwinglich gut.
wie eine wendeltreppe, die auf den mond führt.
dort sitzt die behörde.
---
diese stadt der baustellen und wasserbetten.
eine schwarze katze sonnt sich auf der treppe.
mir zur linken.
sie bewegt sich aber nicht.
---
eine erklärung, wovon spiegel blind werden.
von dem einen, der immer kommt.

61

vielleicht
wird der kommende tag anders sein
vielleicht
wird der kommende tag ein anderer sein
vielleicht
wird der kommende tag gar kein tag sein
vielleicht
wird er eine harpyie sein
die mir den kehlkopf zerfetzt
---
ungaretti würde vermutlich empfehlen ein gedicht zu
schreiben
- nackt und ungesättigt -

was mich nur wieder auf die harpyie zurückkommen lässt

---

ein blutfleck
über meiner schwebenden schulter

---

blitzartig

62

die spanische treppe in rom: mittlere plattform.
41° 54' 19,5" nord
12° 28' 57" ost
die webcam läuft.
zwei kinder in roten jacken spielen.
springen, hüpfen in die luft.
werfen die arme nach oben.
rennen.
die eltern kommen dazu.
gemeinsam steigen sie die treppe ganz hinauf.
das wetter in rom ist gut.
ein sonniger morgen.

die webcam wechselt zum fuß der treppe.
die piazza di spagna.
der brunnen, der wie ein boot aussieht, das im teich
ertrinkt.
die fontana della barcaccia.
zwei, nein, drei palmen im hintergrund.
sonnenbeträufelt.

die menschen ohne hast.
gemächlichkeit.

wollte ich jetzt dort sein?
ja.
als besucher der gemächlichkeit.
lebte ich in rom, wäre ich in einem anderen stadtteil
unterwegs, würde ich einem elend entgegengehen, das
die spanische treppe nicht kennt.
die treppe selbst wird sehr viel elend kennen, erleben,
jeden tag, verborgenes leid.

ich denke an die kinder in den roten jacken.
sie werden in den park gehen, ihn durchqueren, zur villa
borghese hin.
auch wenn ihre eltern sie ins museum führen, es wird
ihnen nicht langweilig werden.
ihrer bin ich mir sicher.

63

die gesichter der menschen sind grau.
das ist kein einfall. so einfallslos bin ich nicht.
es handelt sich um eine feststellung.
jeder kann es sehen, könnte es sehen, wenn er wollte.
jeder, der frühmorgens an einem regnerischen februartag
an einer zugigen bahnstation wartet und die augen offen
hält.

niemand aber hält die augen offen. alle halten die augen
gesenkt.
die gesichter der menschen sind grau.
wer möchte das sehen?
das leben ist grau.
wer möchte das wissen?
ich möchte wissen, wo die farben sind.
weil jeder mensch einen farbkasten in sich trägt.
davon bin ich überzeugt.
aber die menschen sind eigen.
sie lassen es nicht sehen.
was ich schade finde.
wie schön wäre es doch, wenn wir alle unseren farbkasten
auspacken würden.
wir würden aquarellisierend in der u-bahn sitzen, im büro,
in den kantinen.
und wenn es regnet breiten wir eine große leinwand aus.
wir tupfen farbe darauf.
dann wird es einen regenbogen von farben geben.
bis der himmel lacht.

64

es denkt sich.
denkt sich immer fort.
manchmal nur in buchstaben.
wenn du dir ein x für ein u vormachst.
siehst du beide an das große himmelstor geschrieben.

eine gottesanbeterin wacht davor.
deren gestalt in täuschender manier den hölzernen
türgriff nachahmt.
deren fühler, beine, ja der ganze körper bebend zittern
vor erwartung.

in ihrer gier gibt sie sich zu erkennen.
die toten seelen haben gelernt das himmelstor zu
meiden.

es hat sich ein gedränge ergeben, ein stau, wie auf der
autobahn. ein schimpfen und hupen.

es hat auch nichts gefruchtet sie zu exkommunizieren.
ein ehemaliger papst hat sich daran versucht. vergebens.
er kommt nicht hinein.
petrus kommt nicht hinaus.
gott schläft.

der stau reicht schon fast bis an die alpen.
weißt du, sagte gestern eine rothaarige lethe zu mir, wir
kümmern uns gar nicht weiter darum. du könntest mich
stattdessen auf einen campari americano einladen, du
weißt schon ...

nichts weiß ich, gar nichts.
ich habe alles vergessen.

65

komm, sagte die erinnerung
lass uns ins kalte wasser springen

es dürfte wohl eine frage des standortes sein
in der wüste ...

wird der autonome geist
in selbstmitleid zerfließen
wenn ihm nichts weiter geboten wird
als ein himmel voller sterne
und das gekläff der wüstenfüchse

siehst du, sagte die erinnerung
wie gut, dass ich dir erhalten blieb

66

ich strecke meinen körper aus.
punkt für punkt.
ruhe.
dann bewegung.
lasse meine zehen kreisen.

was weiß ich noch von mir?
kenne ich mich noch, erkenne ich mich wieder?
in diesem zeh, der nicht kreisen will wie die anderen,
steigen zweifel auf.

ich denke an sonnenblumen.
spüre ihr gelb, das aus der sonne strömt,
turmhoch.

fensterbänke, die ohne schmerz auskommen.
wie ich schnaufe, nach der zehnten liegestütze.
bin ich das noch?

ich bin.
und ich spüre mich.
ich spüre das gelb ausströmen,
welt und leben.
ein glücksgefühl,
wie irrsinnig das licht,
wie ein abenteuer,
wie der letzte regentropfen,
der weinte nicht mehr,
der zerfloss in der sonne.

67

eine sofortige und außergewöhnliche bewusstheit des
tages.
die mülltonnen stehen draußen an der straße.
zwei unruhige krähen.
zwei erste notizen.
innerhalb von sekunden bin ich dem tag unterworfen.
er bestimmt die spielregeln.

er bestimmt das blau seines himmels.
daraufhin stelle ich meinen zeitplan um.

die gärten sind mit tagsamen bestreut.
wenn du deine augen darauf wirfst, beginnt es zu blühen.
immerhin.
und ich muss an die mülltonne denken.
ist sie schon voll, oder bringe ich noch etwas unter?

etwas unwirklichkeit vielleicht ...
sofort beginnt sich der himmel grau zu verschleiern.
wieder stoße ich meinen zeitplan um.

ich stoße mich an allen ecken.
wie eine gelegenheit, die sich aller geräusche zu ent-
ledigen sucht.
vergebens.
da steht ein duft von wiese und heu.
inmitten des dickichts.
streckt der tag seine arme.

68

die tauben, wenigstens, sind fett.
die möwen mästen sich.
bald heißt es für sie abschied nehmen.
dann fliegen sie an die küste zurück, ans meer.
die stadt brüstet sich mit unablässigen ideen von aufstieg
und glaspalästen.

während die hungerleider am boden kriechen zwischen
öligen pfützen.
unablässig fällt der regen.
auf baugerüste.
auf betonmischmaschinen.
in der tiefe wird dem frost der bauch aufgeschnitten.
die fräsen arbeiten sich wie durch einen klumpen
brotteig.
dampf steigt auf.
feuchte, es könnten aale darin schwimmen.
ich sehe sie förmlich zucken in der luft.
steine, schotter, sand, verstreute knochen.
und noch immer werden brandbomben gefunden.
erinnerungslücken.
der krieg findet jederzeit ein haus.
die menschen gehen gebückt.
sehen die aale nicht schwimmen.

69

ich möchte davon erzählen, wie mir die stimme versagte.
im laufe des abends hatte sie mich verlassen.
ich hatte mir laut ein gedicht vorgetragen. das handelte
von einem fluss.
die länge des gedichtes stand in keinem verhältnis zur
länge des flusses, die sich mit 129 kilometern eher
bescheiden ausnimmt. der charles-river in massachu-
setts.

in diesem gedicht hatte jemand versucht seine traurigkeit
fortspülen, forttreiben zu lassen.
er wollte es so. es war seine traurigkeit. der fluss konnte
nur grau und unbeteiligt fließen.
doch so ein fluss hat einen anfang, nimmt ein ende, und
folgt seinem lauf.
vielleicht stößt diese traurigkeit irgendwo in der großen
stadt boston ans ufer, wo ein junges glück eine stille
zweisamkeit genießt. plötzlich verdunkeln sich ihre
gesichter, ein schatten hat sich auf sie gelegt.
man sollte sehr vorsichtig sein in dem was man sagt und
schreibt. wir sind wie elektronen, die um einen kern
treiben. ecken wir irgendwo an, gehen wir eine neue
verbindung ein, verändert sich das gefüge.

70

die stimme hat sich zurückgefunden.
es waren die zigaretten.
ein kalter, schneidender wind.
scharf wie eine messerklinge.
die trauer verkriecht sich zwischen den wänden.
der mensch bleibt geschäftig.

71

frucht
die zur neige geht
sterben die bienen
sterben wir mit ihnen
nicht
der mensch
hat gelernt
sich zu verkümmern

72

ich werde nicht damit aufhören die menschen verstehen
zu wollen.
ich werde damit beginnen mich verstehen zu lernen.
die vögel führen ihr eigenes leben in meinem.

73

aus einem äußeren zustand heraus in zustände geraten.
ich hole dir die sterne vom himmel.
wozu? sollen sie doch bleiben wo sie sind.
---
eine form von erbarmungslosigkeit.
eine formel zur erlangung von zufriedenheit.
---

genau.

---

und so kann mir auch die hexe gestohlen bleiben, die dort
aus der wand tritt.

nein! ich gebe nichts.

74

auf den parkplätzen der supermärkte plätschert die
sonne.

drahtverhaue. ein baumarkt, den keiner mehr haben will.
gelb und kahl. blätternder verputz.

eine gelegenheit verlustängste auszuschöpfen.

straßen ohne hinterlassenschaften.

die stumme anwesenheit einer verzweiflung, die sich
selbst aufgegeben hat. verwendungslos wie der baumarkt.

mützen, kapuzen in die stirn geschoben.

nichts mehr wahrzunehmen als das tiefe schluchzen der
motoren.

über der autobahn geht ein wortfetzen spazieren.

mühseliges strampeln einer radfahrerin.

geblendetes licht.

das mit sich ringt und keinen ausweg findet zwischen
einer hundehütte und dem krankenhaus.

das ganze elend eines straßenschildes, dem die buchstaben abhanden kamen.

nun wird das rot der ziegelbauten seine identität verlieren.

die menschen werden von einer wolke zur nächsten schweben.

die hunde wissen weder baum noch strauch.

ein palettenstapel träumt vom wochenende.

mit etwas glück wird sich ein schwules paar in seinem schatten lieben.

grün ist die farbe der zipfelmützen.

noch sind die äste kahl.

der frühling schwingt sein blaues band wie peitschen- schnüre.

ein ganzer himmel voller kräne.

wie galgen, die weisen in alle himmelsrichtungen.

das weist sie als kompetente botschafter der eintönigkeit aus.

die kaut auf stein und mörtel.

die gräser des vergangenen sommers wippen im wind.

kastanien könnten von den dächern fliegen.

der fernsehturm den betrieb einstellen, zusammen- packen.

den nächsten zug an die ostsee nehmen.

wolken von lachenden delfinen würden ihn begleiten.

ortsbestimmung: dammtor bahnhof.

exit to exhibition halls.

wer es wissen möchte: die uhr steht auf 15:53.

eine reklametafel, venusblau.

verzögerungen. und der hinweis auf die poesie venedigs.

schatten auf den bahngleisen.

verbrauchte kondome und ein gelber müllcontainer.

allerlei fahnen und fassaden.

die gärten werden mit tränen gewässert.

die luft wird dünner.

eine litfaßsäule gibt einen tropfen retro ins getriebe.
der himmel berappelt sich wieder.
es gibt ein weinangebot.
und meine müdigkeit.
die sich in einem schornstein verkriecht.
barmbek.
bald werde ich in ohlsdorf am friedhof stehen.
auf den bus warten. eine zigarette rauchen.
der tod wird mir vollzug melden.
wie jeden tag.
werden die hinterbliebenen im café fritz sitzen, die
aussicht genießen.

75

wieviel schmerzen kostet es
seine heimlichen verstecke aufzugeben
hinauszutreten ins leben
sich nichts zuschulden kommen lassen
als das leben
bedachtsam kämpfen
aufrecht verlieren
mit offenem visier

die wolken, die sich einen nistplatz suchen.
ihre gesichter - ausdrucksstark.
hier bin ich, hier möchte ich bleiben.
ich kann das verstehen. sie sind müde vom wandern.
mir aber ist es gar nicht recht.
ich möchte einen sonnentag erleben.
dafür ist es noch nicht zu spät.
die sonne ist eine große hüterin.
vielleicht führt sie die wolken auf eine andere weide.
die sonne hütet ihre wolken.
sie hütet auch mich.

eine krähe spricht.
die birke, auf der die krähe saß, spricht.
die krähe ist davongeflogen, nachdem sie sprach.
die birke schweigt nun.

es ist ein großes schweigen.
eines von der art, das nicht unterbrochen sein will.
...
das gibt mir die gelegenheit, meine gedanken zu sortie-
ren.
es hat sich nichts weiter ereignet.
die krähe hatte nur einer anderen ein 'guten morgen!'
zugerufen.
dann aber doch hat die busfahrerin auf mich gewartet.
obwohl ich noch ganz oben auf den treppen stand und
nicht nur diese, auch eine straße und eine wiese zu
überwinden hatte.

ich bin gerannt. ich habe mich gespürt.

ich habe atemlos mein 'danke' gestammelt, die bus-fahrerin hat gelächelt.

ich kann die sonne spüren.

allem anschein nach hat sie damit begonnen die wolken einzusammeln, eine nach der anderen.

sie nimmt sie in die arme und trägt sie fort. auf jene andere weide.

ich bin unterwegs nach wandsbek gartenstadt. dort werde ich in die u-bahn umsteigen.

so viele baustellen.

ein sicheres zeichen, dass der frühling kommt.

wie unentschlossen die menschen sind.

dann zünden sie sich eine zigarette an.

ich spüre ein inneres gefühl der befriedigung.

tatsächlich. ich könnte gleich wieder einschlafen.

ich beherrsche mich gerade so eben. ich muss aus- und umsteigen.

die bahn ist fast leer.

das ist so ungewohnt, dass ich mich verstört umschaue.

wo sind all die menschen geblieben?

ob die sonne sie fortgetragen hat?

die ist noch immer mit den wolken beschäftigt.

über barmbek wird der himmel weit und dehnt sich aus.

ich schalte mich auf empfang.

doch es bleibt ruhig.

ich steige aus.

es ist immer noch kalt, zu kalt.

nun kann ich die ruhe verstehen, die eine verhaltenheit ist, eine reserviertheit, fast ablehnung. ein stilles aufbegehren.

mir geht es nicht anders.

es sollte anders sein.

ich sollte mich zufriedengeben.

nein, das ist falsch ausgedrückt. ich sollte es zur kenntnis nehmen.

dass dies wieder so ein tag ist, der ein dazwischen ist.

zufrieden kann ich damit nicht sein.

uninteressant sind solche tage nicht.

die meisten tage sind solche tage, die einfach nur vergehen. selbst sonnentage können solche tage sein. in einem sommer voller sonnentage kann das geschehen. es ist unvermeidlich. wie sehr man sich auch ermahnt, es nicht dazu kommen zu lassen.

die tage im dazwischen können auch unheimlich sein.

zuweilen nimmt man es nur beiläufig wahr. man spürt ein gewisses unbehagen und versucht es abzuschütteln.

doch dieser tag heute soll ein anderer sein. weil ich ihn rechtzeitig erkannt habe.

es war die ruhe vorhin in der bahn.

kein gefühl der unwirklichkeit, es lag etwas selbst-verständliches darin.

alle menschen waren an einer unheilbaren krankheit gestorben.

bis auf einige wenige, die immun dagegen waren.

die saßen nun in der bahn. und fuhren irgendwohin. es war nicht einmal gesichert, ob es einen zugführer gab.
die bahn fuhr. fuhr ihre strecke wie gewohnt.
sie saßen in der bahn. jeder für sich. jeder hatte seine angehörigen verloren.
die bahn fuhr.
die straßen lagen still.
es war nicht einmal zu unfällen gekommen.
es war alles im stillen vor sich gegangen.
keine äußeren anzeichen von apokalypse. keine feuerbrände.
ruhe.
und keiner sprach.
keiner rührte sich.

dies ist das dazwischen, das ich meine.
es ist weder ein abgrund noch ein unüberwindliches felsenmassiv.
es ist die ruhe, die selbstverständlichkeit, mit der etwas abgeschlossen ist.

nicht, dass ich mir darüber im klaren wäre, worum es hier geht. hier und heute.
gewiss keine apokalypse.
der tag hat eben erst begonnen.
ich werde etwas verstehen. oder nicht.

ruhe.
und das warten auf ein kommendes.

ich wäre mit wenigem zufrieden.
dass ich existiere ist schon wunder genug.
dass dieses unscheinbare haus gegenüber mich überleben wird, erfüllt mich mit erstaunen.
es gibt unabänderlichkeiten.
man könnte wagnisse eingehen ...
aber ich wollte mich ja mit dem wenigen zufrieden geben.
es spricht auch nichts dagegen.
im gegenteil ergäbe sich daraus ein neues koor-
dinatenfeld, eine fläche, die urbar zu machen wäre.
all das erkennen zu können, was das leben liebenswert
macht, kleine dinge und kleine einsichtnahmen.
sie wachsen zu sehen ...

doch schon tauchen zweifel auf.
dieser tag ist wie ein feuerzeug, dessen flamme im wind
flattert.
ein trotzvogel.

zwischenzeitlich hatte die sonne ihre schäfchen auf eine
andere weide verbracht.
dann war eine neue herde aufgezogen.
die hatte regen im gepäck.

dieser tag ist wie ein sandfloh.

das erinnert mich an spaziergänge auf dem deich.
man erfährt nie etwas genaueres.
kaum ist man oben angelangt, verliert man seinen blick.
doch eben darum geht man dort hinauf.

geht den deich entlang. kehrt wieder zurück.
man wird hinterher gut durchgepustet sein.
der grog, der tee, der kaffee werden schmecken.
gleichfalls der kuchen.
eindrücke übersinnlicher art darf man sich nicht erwarten.
die erwarte ich auch nicht von diesem tag.
es ging ja doch auch um das wenige ...
ich könnte eine liste erstellen.
später. vielleicht ...
im dazwischen herrscht eine gewisse unordnung und
unorganisiertheit.

77

habe ich diesen tag wirklich so einfach wegwerfen
können?
es wird wohl an der erkältung liegen, die noch immer in
mir fault wie nasses heu.
zwischen den halmen höre ich meine lunge pfeifen.
der tag hätte das ende bedeuten können.
zum ende des tages fühlte ich mich unsagbar erschöpft.
und entsetzte mich über einen satz, den ich nieder-
geschrieben hatte, völlig planlos, wie mir scheint.
eindrücke übersinnlicher art darf man sich nicht erwarten.

aber doch!

aber genau darum ging es doch auch!

wie will man denn das wenige entdecken, wenn man nicht mit einem sehenden auge ausgestattet ist. einem auge, das aufzuspüren, zu erkennen versteht.

ich muss tiefer eindringen in das eigentliche geschehen.

effekte vermeiden. worten misstrauen, und seien sie noch so schön.

es wird nicht immer zu vermeiden sein.

und manchmal sind die worte doch auch zu schön.

also bitte - dann beides.

ich spüre, dass ich mich immer weiter von der welt entfernen muss um das wenige aufzuspüren, mit dem ich leben möchte.

darin liegt kein widerspruch.

es ist wie in einem garten.

es gilt prioritäten zu setzen.

einiges auszurupfen, anderes auszusparen.

es braucht nichts hinzugefügt zu werden.

es ist zu viel da.

eine reduzierung findet statt.

eine reduzierung auf das wenige.

aber ja.

78

dies, was ich zum jahreswechsel begonnen habe, wird immer mehr zu einer heimkehr in mich selbst.
zu einer einkehr in etwas fremdes.
denn ich kenne mich noch gar nicht.

festzuhalten dieser gedanke: dass ich mich von der welt zu entfernen habe, um in der welt zu bleiben.

79

in einer großen stadt ist der mensch klein.
sobald er darin wohnung genommen hat (was schwierig genug ist), ist er ihrem getriebe unterworfen.
sollte er die stadt wieder verlassen, sterben oder anderswohin ziehen, wird es, von einigen wenigen abgesehen, mit denen dieser mensch umgang hatte, unbemerkt bleiben.
auch die wenigen werden es zumeist bei einem schulterzucken belassen.
es wird weitergehen. das getriebe kreist ununterbrochen.

es ist so banal, dass man immer wieder darauf hinweisen muss.
was wird von diesem menschen geblieben sein - nach einem monat bereits - nichts.
dabei hatte er dazugehört - an seinem arbeitsplatz.

dabei hatte er zeichen gesetzt - er hat in der kneipe sein leben erzählt.
genügt das nicht?

es genügt.
es muss genügen.
denn seine träume sind mit ihm verflogen.
seine träume und seine gedanken, wünsche und taten.
das menschlein ist vergangen, hat sich aufgelöst

hat sich eingelöst

in einem kirchenregister
in einem poesiealbum
hat vielleicht gedichte geschrieben

ich könnte von dem kleinen mann aus togo erzählen, einem kollegen, den ich sehr gerne habe, der ein liebenswerter mensch ist. er ist bereits über vierzig und möchte so gerne eine frau und kinder haben. doch sind seine ansichten über frauen dermaßen verschroben, dass es wohl bei dem wunsch bleiben wird. er wird den sich selbst gesetzten lebenszweck verfehlen.
es ist eine tragödie.

ich könnte meinen ehrgeiz darauf verwenden ihm ein denkmal zu setzen.
doch wer wird das schon lesen.
und wenn es viele wären, zu welchem zweck

als dass ich mir die zeit vertrieben hätte
ob ich es wichtig finde
oder nicht
einen meilenstein der menschheitsgeschichte
eine beschäftigung in mußestunden

ob ich einen satz nun so oder so formuliere ...

ich könnte meinen ehrgeiz genau so gut darauf verwenden, die nadeln in einem heuhaufen zu zählen.

es ist ja eigentlich nicht viel her mit dem leben.
das bisschen wind und sonnenschein.

ich werde mir überlegen ---- ob es auch andersherum geht.

80

andersherum sind da die sonne und der wind.
und da bin ich.
und die sonne und der wind und ich bilden eine einheit.
ich kann mir zwar nicht vorstellen, dass die sonne und der wind das genauso sehen, doch das stört mich nicht.
ich habe sie meinem ich hinzugefügt

ebenso die wolken und die stadt.
ich könnte noch mehr hinzufügen, und das werde ich auch tun.

weil ich unmäßig bin.
weil ich das alles haben möchte.
den blauen himmel heute.
und den taubenflug.
und den wolkenkranz am horizont, hinten, über den
häusern. jenseits der häuser. inmitten.
ich will die eisernen brücken. ich will sie.
ich brauche das alles.
die bagger, die die schrebergartensiedlungen nieder-
reißen.
die menschen auf der straße.
da sind so viele, die selbstgespräche führen, so viele.
sie warten auf den, der ihnen predigten hält.
ich werde das nicht sein.
weil ich den tanz der letzten schneeflocke zelebriere.
weil ich dieses haus liebe. dieses da.
weil ich diese treppenstufen liebe.
weil ich das kleine gässchen kenne, zu dem sie hinunter-
führen.
weil ich weiß, dass ich in gefühlen bade.
weil die krokusse blühen.

ich möchte im kreis mich drehen
ich möchte dieses geländer hinunterrutschen
ich möchte malen können wie diego ribera

in die sonne blinzeln
gegenüber
im gold
mich spiegeln

drei lachende mädchen
und ein kleiner hund
die gesichter der kanalarbeiter
verzückt wie cherubim

das weiche gras
im gleichen takt
mit meiner erwartung

wie das gesumm von bienen
im tal der elfen

weht ein wind
erlöst sich das märchen
eines sonnenuntergangs

und ich bin
ich bin immer

81

in der bahn sitzt eine frau, die undeutliches stottert.
aus einem riesigen rucksack, den sie zwischen ihren
beinen hält, zieht sie eine thermoskanne, schenkt sich
einen becher voll.
sie dreht den becher in der hand, stottert undeutliches.
dann stülpt sie den becher um und verschüttet dessen
inhalt auf dem boden.

ihre augen folgen der sich verströmenden flüssigkeit.

sie öffnet ihren rucksack, zieht ein päckchen papier-taschentücher heraus.

sie betrachtet das päckchen, überlegt eine weile, dann nimmt sie alle taschentücher aus der verpackung, stopft die leere hülle in den rucksack zurück.

sie steht auf, legt den rucksack auf ihren platz, kniet sich nieder und beginnt die pfütze aufzuwischen, wobei sie undeutliches stottert.

ihr vorgehen ist gründlich, bedachtsam, es bleibt nichts ausgespart.

sie steht auf. ein glückliches lächeln spielt in ihrem gesicht.

sie stopft die schmutzigen taschentücher in ihren rucksack, setzt sich und klemmt ihn sich zwischen die beine.

82

was ich an den philosophen liebe: dass sie sich jahrelang in ein baumhaus verkriechen können und, wenn sie wieder herausschlüpfen, nichts weiter als unsinn mitgebracht haben ---

'was sich überhaupt sagen lässt, lässt sich klar sagen."

und

"wovon man nicht sprechen kann, darüber muss man schweigen."

stammelt der philosoph.

dafür hat er nun im baumhaus gesessen.
und die anderen in der taverne, und haben wein
getrunken, und geredet und gesungen.
wieder andere haben den sonnenuntergang genossen
und gedichte geschrieben.

83

ein eau de chagrin
ein hauch nur
ein fetzen luft
dazwischengeschoben
wie löschpapier
das saugt den tag auf
---
frühmorgens.
---
ich huste.
dann drehe ich mich um, weil ich die ahnung eines
gedanken aufgenommen habe.
auf dem gartenzaun hinter mir sitzt eine amsel.
die schaut mich an.
dann weiß sie doch nicht, was sie sagen soll.
sie fliegt davon.
---
der himmel erscheint unbeteiligt heute.
als ob er gar nicht da sein wollte.
seine gedanken sind ganz sicher anderswo.
---

ich habe geträumt heute nacht.
ausdauernd. ein längeres gedicht. es gefiel mir gut. alles vergessen.
wenn man seine traumgedichte sammeln könnte ...

---

der neue busbahnhof von poppenbüttel wird immer ramschiger. bald wird er das hamburger niveau erreicht haben.

---

an einem tag, der so unbeteiligt tut, fallen die kleinen dinge ins auge. das steht ihnen zu und erfreut mein auge.

---

mein lieblingshaus in klein-borstel. sehr verspielt. mit allerlei türmchen und erkern. es war schon immer mein wunsch in einem solchen türmchen zu wohnen. einmal wollte ich sogar einen roman darüber schreiben. vielleicht sollte ich das noch tun.

---

begraben sein möchte ich auf freiem land, unter einem nördlichen himmel.
dort soll man mich hinlegen, einfach so, und einige baumsamen rings um mich ausstreuen. dann soll man einen kleinen erdhügel über mir aufschütten. vielleicht wächst ja ein baum aus mir hervor. ein apfelbaum, das wäre schön. und im sommer würden die menschen ihre decken in seinem schatten ausbreiten und ein picknick machen.

---

der junge mann, der neben mir sitzt, schaut in die ferne. die junge frau mir gegenüber hört musik, die neben ihr ebenso, liest aber gleichzeitig in ihrem kindle und trinkt ab und an einen schluck tee. zumindest sieht es danach aus. ihre thermoskanne ist durchsichtig.

---

die allgemeine stimmung ist unverkrampft. jedoch unbeteiligt wie der tag. wahrscheinlich hat der junge mann nach den ursachen gesucht.

---

berliner tor. hier trennen sich viele wege. war schon immer so.

---

hauptbahnhof steht der zug und wartet auf die sonne. da kann er lange warten, hier unten im tunnel ...
aber gleich werde ich die alster sehen.
die zelte unter den brücken, das ganze elend. die schwäne sind immer noch im winterquartier. wegen dem h5n1. es ist eine schande.

---

der himmel ist ein veilchengraues löschpapier.
die veilchen dienen der vertuschung.

---

die gesichter der menschen beginnen eine leere anzunehmen.
ich weiß noch nicht, in welche richtung das geht.
der zug wird gleich in altona sein. s11.

---

ich denke mich zurück in die zeit, da ich noch einen kohleofen hatte. wenn man sich das heute vorstellt ...
aber es war herrlich gemütlich.
und dann, wenn er einmal ausgegangen war, die wohlige kälte ...

es ist nämlich die kälte wohlig, die vorfreude auf das warme, wärmende.
das muss man erlebt haben.
---
es gibt viele wege
und es gibt den einen weg
den man nehmen sollte.
es gibt beine dafür.
ich beglaubige meine entscheidung.
---
später am tag.
---
die krokusse blühen wie verrückt.
und der erste zitronenfalter. unterhalb der kunsthalle über den gleisen am hauptbahnhof.
heute: donnerstag, der 16. märz.
---
die architektur einer bürolandschaft.
ich wundere mich nicht über deren auswüchse. ich wundere mich, dass sie nicht größere ausmaße angenommen haben.
---
königspudel scheinen ausgestorben.
aber eine kleine dogge hat mich angesabbert.
in der bahn darf man nicht wählerisch sein.
---
der himmel tut noch immer unbeteiligt.
nun aber wie einer der verschwörerisch grinst, weil er heimlich ein versprechen einzulösen kam.
ich finde ja auch.
---

die häuser brauchen sich gar nicht mehr so zu ducken.

---

und ich?
ich staune, dass da flugzeuge am himmel sind.
die konnten es wohl kaum erwarten.

---

ich esse datteln und feigen
feigen und datteln
die reihenfolge
bestimmen ebbe und flut

---

der tag hat eine zukunft. soviel steht fest.

---

ich könnte mich in einen seehund verwandeln.
falls dadurch irgendeine ungerechtigkeit auszugleichen
wäre.
ich ziehe mir die socken aus.
ich beschließe, mich zu zerstreuen.
da gibt es bücher, die rechte geltend machen.
eine terrasse. ein stuhl.

---

ob der himmel mir eine zukunft einräumt, wird sich
entscheiden.
raum genug wäre vorhanden.

84

kantenschübe. keine träume.
postzusteller und tauben.
eine zigarette in der bahnhofswildnis.
ein gesicht. aber nur eines.
leere wände. schmerzensschreie.
kurwa! kurwa!
halbgares rührei auf pappigem toast.
spucken. spucken.
kacke auf die stuhllehne geschmiert.

was es alles gibt -
so viel einsamkeiten
aber drei hübsche mädchen auch
immerhin
eine bushaltestelle
eine dicke frau
die lächelt
menschen
die man in den arm nehmen könnte
farben
violett
heute und morgen

erbrochenes.
und ein lied.
nach jedem dezember kommt wieder ein mai.
schluchzen. gleichgültigkeit.
warten.
warten.

eine dicke frau. lächeln.

trink aus. bezahle.

schweigen.

farben und laute. violett.

den strategischen blick behalten.

gestern und morgen.

ein mensch. den man in den arm nehmen kann.

menschenfluten.

mit koffern. ohne koffer. gedränge.

katzenjammer und magengeschwüre.

es beginnt zu regnen.

die ampel.

es ist mit der kunst vorbei.

relevanz. und was ich davon halte.

ein gullydeckel. kippenweitwurf.

dieser bus ist kein bus.

warten.

warten.

eine schöne frau.

lippenstift an weißem filter.

sie drückt die zigarette aus.

ein blick gestreift.

regen.

ein bullterrier an leine.

ein kerl. der zum boxer taugt.

heruntergekommen.

abgewirtschaftet.

ein mängelexemplar.

utopie der unmittelbarkeit.

im regen.

außerhalb.
inwendig fortzusetzen.
gleichzeitig und exzentrisch.
das bin ich. authentisch.
falls es eine postmoderne gibt.
lebenslang.
lebenslänglich.
lebendig.

85

zwischen einem tropfen
der vom glasdach fällt
und einer busankunft
die auf sich warten lässt
ein mann in roter hose
der wie um sein leben rennt

ein einzelner apokalyptischer reiter
macht noch keinen weltuntergang

jedoch

halte ich das schweigen der pflanzen
für eine dauerhafte provokation

schlafverlangen

langsam vergeht die nacht
wie ein sahnebonbon
das schmilzt auf der zunge
die wärmt sich daran
hobelt sich
kleine
splitterchen ab
die pieksen so schön
halten die zunge wach
(und ein kleinwenig blutig)
die lippen kussbereit
man weiß ja nie
was noch kommt
oder wer
sich verirrt
in den tiefen wäldern
wo den lianen
köpfe wachsen
die wiegen sich
trunken
schlafverlangend

es gibt tage, da wage ich es kaum ein mensch zu sein.
wenn ich einem baum gegenübertreten müsste, wie
sollte ich mich rechtfertigen können.
ich möchte mich verkriechen, wie eine muschel die schale
schließen.
da ist kein geschöpf, das so roh ist wie der mensch.
ein blutroter lappen ist sein herz.
wenn man es offen legte, man erkennt es nicht wieder.

es wohnt ein ekel in unserem haus, der sich wenig
überraschend als böse erweist.
ich versuche zurückzuweichen.
vergebens.
längst hat das böse alle türen und fenster geschlossen.
der geruch des ekels breitet sich aus.

dieser märz ist ein monat ohne verstand.
kann aber auch sein, dass ich es bin, der nichts versteht,
nichts verstanden hat.
der inmitten kahler wälder den weg verfehlte.
ich sehe keinen anfang.
ich muss auf den sternen gesessen haben, ich weiß es
nicht.
kein zugang findet sich.

eine unbestimmte vorstellung von schneeglöckchen habe
ich aufgenommen.
an mehr kann ich mich nicht erinnern.
schneeglöckchen. ja. die blühen noch immer.
am rand.

---

es dringt vom maulbeerbaum ein schweigen herüber.
ein ast, der von nässe tropft.

---

ein nieselregen, der neben mir am wasser steht.
ein bach, der seine windungen kennt.

---

hier finde ich mich wieder.
erkenne den himmel dort, der ein gelb werden möchte.
erinnere mich an die farben des hauses, an dem ich
vorüberging.
es stand fest an seinem platz.
eine welt, die zu atmen versteht.
wind, der an meine schultern klopft.

89

wenn der tag sich wenden möchte.
einmal ist es vorbei.
doch er findet nicht aus seiner haut.
ich kann ihn gut verstehen.
es gibt anwandlungen.
es gibt aber auch gesichter.
die müssen nicht lachen.

wenn sie nur da sind.

es gibt auch gummibäume.

um die kümmert sich keiner.

die stehen in ihren töpfen.

kein gutes wort hören sie.

ich stehe im nieselregen.

die gummibäume denke ich mir hinter die gardinen.

die einsamkeit rankt sich auf den balkonen fort.

wenn ich ein gesicht jetzt hätte wäre mir wohler.

die gesichter sind mit dem bus davongefahren.

ich kam zu spät.

da sind bäume.

ein baum ist ein baum.

viele bäume sind viele bäume.

von mir wollen sie nichts wissen.

missmutiges schweigen.

ich werde mir neue gesichter suchen gehen.

während der tag sich in milch verschwimmt.

der himmel ist der weiße bauch einer kuh.

schrill blüht der tinnitus in meinen ohren.

nein. es ist die alarmanlage eines ladens, der ausgeraubt
wurde.

es fließen tränen.

das blaue licht der einsatzwagen macht migräne.

ein polizeiobermeister erklärt das jüngste gericht.

ich folge ihm aufmerksam wie eine nasse krähe.

die letzte spinne holt ihre netze ein.

ein stromausfall käme jetzt gelegen.

das geräusch von autoreifen. sehr fern und sehr selten.

das läuten einer kirchenglocke. von noch weiter her.

durch den regen gedämpft, angeweht.

ein gedanke.

mich in jemandes lippen verbeißen zu wollen.

ich behalte den gedanken für mich.

es ist ja doch nur dieser eine.

ich verschränke die arme vor der brust, ihn schützend geborgen haltend.

ich werde mendelssohn hören. lieder ohne worte.

ich breite die arme aus.

der gedanke entschlüpft.

musik setzt ein.

ich schließe die augen.

ich folge der musik.

der gedanke kehrt zurück.

ich beobachte die schatten an der zimmerdecke.

es ist wie in einer höhle. mammutjagden. altamira.

ich lese ein gedicht. ich lese von untrüglichen spuren.

ich lausche der musik.

ich lausche dem regen.

ich denke an friedhöfe.

wo eine einsame amsel ihr schwarzes kleid in würden trägt.

die schatten pulsieren. sie leben. sie atmen aus.

die amsel singt. ich schreibe es auf.

meine worte klingen wie eine melodie.

91

aber es spielt ja überhaupt keine rolle
ob man in schweden
oder auf der halbinsel kola
feigen pflückt man dort keine
---
dem sinn meiner steinanordnungen zu folgen
wäre eine schöne aufgabe für den geheimdienst
---
man wird ja wohl träumen dürfen
---
hände hoch! sie sind verhaftet
---
warum?
habe ich schon wieder die tauben gefüttert?
ich kann es einfach nicht lassen
---
und nun ist der frieden gebrochen

92

mit dem strick um den hals nach den sternen greifen ...
z.b. wenn man am nördlichsten mittelpunkt des univer-
sums, also in hamburg, lebt
---

unter den sternen
da lässt es sich lachen und laufen
bis zum morgengrauen
bei milden temperaturen
einem leichten wind

ich könnte mir
einen brunnen suchen der
von statuen umstanden ist
ich könnte mich
an eine minerva lehnen
und weisheit finden

aber dann beginnt es zu regnen
ich stehe vor der tür
und habe den schlüssel verloren
der die welt mir öffnen könnte

ich gehe von tür zu tür
und klopfe an ...

es gibt keine menschen mehr
nur noch bücher
in denen finde ich sie nicht

eine eingebung
die dir den kopf wäscht:
die forsythien blühen!
die straßen beleben sich wieder

man braucht ja nur die augen aufzuschlagen, meinetwegen den mund zu schließen.

süßer als apfelsaft.

ich lese bernward vesper.

irgendwas geht immer zu bruch.

bilderstürmer und bücherverbrenner. menschen. menschsein.

eine affenschande.

kringelbilder.

kleine kinder, die banditen spielen. aber die ganz knallharten sollten es sein.

ich erinnere mich schnell wieder.

von diesen händen ging eine solche kälte aus.

wie sgt. pepper aus den latschen kippte und in die grube stürzte.

dort war es eng und feucht und kalt.

ein wunder, dass wer überlebte. in dieser kausalitätskette.

er nicht. er war zu weich. er hätte es sich denken können.

nun kommt die zeit, da man sonnengedichte schreiben möchte, sonnengeschichten, ganze sonnenbücher.

da ist es egal, ob mir jemand auf die pelle rückt, im bus, ein junges mädchen, das sich gegen meine schulter lehnt, ganz in ihre musik vertieft.

okay, okay, es gibt schlimmeres, nur - wie soll man sich da schreibend konzentrieren können?

auf die sonne, den frühling.

die bäume sehen noch gar nicht danach aus.

vor mitte april, ostern, wird es nichts werden mit dem ersten grün.

bis dahin müssen die bunten plastikeier in den vorgärten herhalten.

aber ordentlich vollknallen, bitte ...

es gibt haarsträubend geizige menschen!

ich werfe mich in die bresche und denke es mir bunt, noch bunter ...

das funktioniert.

nur wenn ich vor einem ganzen wald stehe, ergebe ich mich, werfe die arme in die höhe, die kahlen äste imitierend.

ich denke mir ein kausales handlungskonzept.

wenn nun aus meinen fingern grüne knospen wüchsen, ob mir die bäume nicht folgen müssten?

die magie versagt.

da werde ich mich wohl weiter strecken müssen.

95

einiges gibt es zu lesen im park
wenn man farben und töne zu lesen versteht

ein warmer wind schreibt auf meiner haut
mit spitzen fingernägeln
dass es wehtut
nicht zu sehr
und ohne zu bluten

die stadt hat mich eingekreist
von oben und unten
motorenlärm
in der einflugschneise
in der zufahrt zur autobahn

ich kann die wolken knacken hören
in den ästen und zweigen
kann einen marienkäfer davonfliegen sehen
in das stille glück eines frühen nachmittages

ich könnte die motorräder zählen
zum zeitvertreib
könnte hunden flügel verleihen
da würde sich manch einer wundern

wenn ich ein waldhorn hätte
zur jagd würde ich blasen
auf alle versteinerten mienen

die maulwürfe würden löcher graben
in denen die autos versinken
wie die armada auf nimmerwiedersehen

meine blicke versäumen sich
ohne begreifen
aber das herz rast
vor verlangen

96

jetzt
müdigkeit und dunkelheit und keine anreize mehr
der tag hatte ein wahnsinnstempo hingelegt
und wie immer die menschenmassen am hauptbahnhof
ich weiß nicht wo das enden soll
dieser wahnsinn des menschen sich zu reproduzieren
in einem tempo wie pestbazillen
der toxische schock scheint unausweichlich
es ist bereits jetzt ein zu viel
(unsere zahl, sagt nietzsche, ist der größte frevel)
wer will sich denn zeit für ein schicksal nehmen
wo sich tausende drängen
wie in kalkutta - menschen - auf die straße geworfen
einerlei
mögen sie alle ein leben leben
jeans kaufen und ihre einheitsmusik hören
es führt zu nichts
als dunkelheit
und die eichhörnchen schlafen friedlich in ihren bäumen

brinkmanns rom. sein augentrüber blick darauf.
seine unduldsamkeit.
sich über 'deutsche mutterkühe' aufzuregen,
die sich in der sonne rekeln.
und er rekelt sich doch mit.
und wenn jetzt jemand käme und an ihm anstoß
nähme ...?
seine unsicherheit dem fremden gegenüber ...
sich der sprache zu verweigern ...
seine weltungewandtheit ...
man möchte ihn bei der hand nehmen ...
oder durchschütteln.
aber schreiben tut er
und schreiben kann er
und ich lese aus purer lust am
schmutzigen regen, austreibungsbereit ...

'gibt es das nicht mehr? - die schönheit einer
gelben hundsblume.'
dafür könnte ich ihn umarmen.

98

manchmal, an solchen sonntagen, denke ich, ich lebe in
einem sandkasten und backe kuchen.
ringsum auf dem spielplatz findet das große schlachtfest
statt. abgeschlagene köpfe werden die rutsche herunter-
gerollt. wer auf die schaukel klettert, dem werden die
beine abgehackt.
der sand beginnt sich zu röten.
die sonne sinkt.
am horizont schwitzen einige wolken.
der tag klettert zurück über den stacheldrahtverhau.

99

ich laufe über die unterirdischen bäche
ein spaßmacher
ein purzelbaumschläger

es gibt keine schokolade
keine hasen
und keine nachtigallen

es gibt einen vogel
mit einer durchdringenden stimme
knochenscharfen zähnen

gleich schlägt mir jemand in den unterleib
gleich werde ich fallen
spieße mich auf
auf den pfählen

ohne wirkung
blieben die gespräche
vom weltuntergang

auf der obersten sprosse der leiter
klebte der flügel eines schmetterlings

100

die vernunft unserer epoche wirkt ernüchternd in ihrer
fantasielosigkeit.
mögen unsere politiker blass und die diktatoren unbe-
darft bleiben.

die kanäle
osterglockennester
technische gebäude
vereinsamte spielplätze
sonnenflecken
gesichter
wie angeschirrt
zur seite gewandt
verstimmt

wenn es weiter nichts ist

wo schritte sich verlaufen
vereinzelte motorengeräusche
den vogelruf unterbrechen

fließt ein blauer bach
aus meinem mund
zimmert sich
frosch und molchgesicht

es könnte sogar geschehen
dass ich in kommender stunde
ein bild der ewigkeit finde

da sich der himmel nicht entscheiden kann -
er reißt sich die brust auf.
schmerzliches blau, aquamarin der adern

wenn ich es recht bedenke -

es ist keine bedrückung aufzuheben.
ich müsste nur lernen warten zu können.
wie eine hummel.

bereit zu sein, weil - die sonne

dass ich diesen tag durchstreife ohne eile
dass ein licht sich ergießt
zeitlos
ohne begrenzung

wenn es denn kein zustand der verblendung wäre

ich male worte in den tag
singe den bahnsteigen ihre lieder
die menschen sind so dumm
wenn ich fenster öffne
schließen sie sie wieder

monotonie ist das nicht.
auch keine böswilligkeit.
ich versuche die abgekapseltsten gesichter zu durchschauen.
es ist die flucht in die kleine welt.
ich kann das verstehen.

101

vergegenwärtigung 1

wirklichkeit
einfach anzunehmen
wie die steinmauer an der
meine augen sich stützen
während der bus
an der roten ampel hält

wirklich und wahrhaftig
sind meine schritte

eine wahrheit
sind die seiten meines buches
eine wahrheit
die alda merini spricht
vom übermaß der seele

ich könnte diese welt
die an mir vorüberzieht
genauer:
die ich durchschneide
mit meiner gegenwart
als übermäßig irreal betrachten

betrachte mich
als ein wesen
schwer genug
spuren im sand zu hinterlassen

aber dann
weht ein wind
verweht die blätter
vom vergangenen herbst
während ein neuer sommer
anlauf nimmt

102

vergegenwärtigung 2

die dunkelblauen züge mit den neongrünen türen
die gleise die nach husum führen
nach sylt
die poller
die großen schirme der straßenbistros
die gegenwart meiner gegenwärtigkeit
mein heute mein gestern
meine aufmerksamkeit
mein aufmerken meine zerklüftung
bis in die höchsten zweige hinauf
zu den sonnengipfeln

103

vergegenwärtigung 3

was ich weiß
was ich sage

dass ich ein lächeln auffing
dass es ein schönes lächeln war
so schön
dass der mond aufging um die mittagsstunde

dass ich
den blühenden kleidern der bäume begegnete
den gelbbetupften böschungen
dass ich
die beharrlichkeit der schutthalden loben
und erfahren möchte
welche sehnsüchte sich
im stumpfen metall der
satellitenschüsseln eingebrannt finden

was ich weiß
was ich sage

kann gegen mich verwendet werden
wird teil meiner erinnerungen sein
dessen vergegenwärtige ich mich

104

sich wie eine schildkröte fühlen.
aufwachen.
überprüfen, wie es geht mit dem vorwärtskommen.
die luft tief einatmen.
es ist frühling.
es schwebt etwas in der atmosphäre, das nach einem
weiteren verlangt.
auflösbar, allein, in gedanken.

feinheiten, die dem auge entgehen.

duftgewebe.

spürbar, nachdem du sie aufgenommen, nach stunden noch.

es sind wärmegefühle, die deinen panzer bestrahlen, dich darinnen mit wohligkeit erfüllen.

dazu kommt die wärme der farben.

die lichtgebäude, lichtgebilde sind. die welt heraklitisch verstanden.

die werdende, die bewegte, die bewegende form = das lebendige.

die stete wandlung des lebens im augenblick erfahren, der von ihrem ganzen wesen zeugt.

schönheit an der oberfläche zu erfassen, ohne oberflächlich zu werden.

einzudringen in die tiefe eines blühenden gartens.

mit malmendem kiefer.

zufriedenheit.

rothenburgsort

wo hamburg wasser ist. fast ausschließlich.
und ganz im verschweben: eingetaucht.
rudert sich an die oberfläche zurück: wirbelnd.
die poesie des wassers und ihre kleinen heimlichkeiten.
kaltehofe. die wasserkunstinsel.
der himmel ist vollkommen.
biker die menge. mit und ohne motoren.
mir kommen drei harleys entgegen. nebeneinander.
breitflächig die botschaft.
grinsen. darum. und weil der tag es so will.
das grölende lachen der brandgänse mischt sich
dazwischen.
es ist ebbe.
im schlick offenbaren sich dinge. sachen. beschaffen-
heiten.
denen ich nachspüren, die ich erkunden möchte.
beziehungsreich jedes gebüsch, jeder verschlungene
pfad, der mich zum ufer führt.
dort ein schwanennest. drüben ein kormoran auf ein-
samem pfahl. hält ausschau.
da sind anlegestellen. manche einladend, andere ab-
geschottet.
sperrgitter. vor bissigen hunden wird gewarnt.
hausboote im wasser. hausboote an land.
idyllen: ein angler, der sich sein paradies erschaffen. er
nutzte, was das wasser ihm gab.

eine planke zur ruhebank, eine plane als schatten-
spender. verbeulte plastikeimer.
es grünt. es glüht. sonne. pappel und ahornblüte.
eine hundebadestelle. wellblechschuppen, bretterbuden.
einblicke durch die ritzen im zaun. hier wird ein drachen-
boot vorbereitet.
rauch steigt auf. es hat jemand bier über den grill ge-
schüttet.
es wird gezimmert und gehämmert.
weiter vorne, wo die straße breiter wird, hat sich ein
eisverkäufer aufgestellt.
die brandgänse rufen sich zärtlichkeiten zu.

106

lachsfarben hat der sommer
gestern vor der tür gestanden
heute
habe ich meinen schal vergessen
es ist april
es ist zum totlachen

heute: nur ein weniges. die feststellung, dass jeder tag seine juwelen bereithält. ein geschmeide, das die menschlichen herzen bewegt. das ein lächeln hervorruft zur rechten zeit. das den himmel öffnet.

das blau ist noch nicht erfroren.

auch wenn ich frierend am busbahnhof saß, wartend, wieder aufstand um mich zu bewegen. der bus wollte und wollte nicht kommen. ein kleines hoffen auf ein warmes zuhause musste genügen.

die erinnerung an einen tag, der mit einer klugen krähe begann. fürsorgliche menschen hatten ihr salamireste zugeworfen. doch es ist frühling, trotz der wieder-eingebrochenen kälte, die krähen leben im überfluss. so grub sie sich ein loch im boden unter der alten buche an der kreuzung, bedeckte die grube mit einigen steinen. ich bewunderte nicht nur ihren einfallsreichtum, auch die geschicklichkeit, mit der sie zu werke ging. ruhe und gelassenheit strahlte sie aus, eine meisterin des lebens.

gleichfalls die erinnerung an einen armen menschen, der die hälfte des tages damit zugebracht hatte jointreste zu sammeln am straßenrand. dieser mensch war fündig geworden, mehr als für gewöhnlich, er hatte cannabis geraucht, er war glücklich, als ich ihn traf, ich lud ihn auf einen wein ein ins big easy, fuhlsbüttler straße.

wir sprachen darüber, wie sich die welt verändert hatte, in den letzten zehn, zwanzig, vierzig jahren, erwogen die möglichkeit, dass sich gar nichts verändert habe.

dass es krieg und totschlag und verunsicherung immer gegeben habe und geben werde.

wir sahen aus dem fenster und verfolgten die bewegungen eines kleinen mädchens an der hand seiner mutter. wie es hüpfte mit seinen staksigen beinen, und die zöpfe flogen.

dass es eine welt gibt, die dem totschlag entgegensteht.

dass es kellnerinnen gibt, die gar nicht zu fragen brauchen, ob man noch etwas haben möchte, die sich ihrer sache sicher sind, die lächeln und sagen: 'ich arbeite hier.'

108

die wolken sind so schnell.
ehe man sichs versieht sind sie nach travemünde geflogen.
und im nächsten moment sind sie wieder zurück.

aber habt ihr auch den roten luftballon abgeliefert?

wir haben ihn dem kleinen mädchen in die hand gedrückt.

109

der mann
der schwer und behäbig im bus saß
der nach draußen sah
der kein draußen sah
der nach seiner mütze griff
der sich in den schritt fasste
dessen gesicht sich mit leere füllte

der andere, jüngere
dem es nicht passte
dass ich mich neben ihn setzte
dem überhaupt nichts passte
der nur augen für den chat hatte
der die füße auf den sitz legte
dessen gesicht sich mit leere füllte

110

ich habe über entscheidungen nachgedacht.
weil die existenzialisten sagen, dass man jede
entscheidung so zu überdenken habe, als ginge es um das
wohl der gesamten menschheit, für die man die
verantwortung trage.
das sind aber große schuhe, die man sich da anziehen soll,
habe ich mir gedacht.
und habe darüber nachgedacht, was in mir vorgeht, wenn
ich entscheidungen treffe.

letzte woche habe ich eine entscheidung getroffen.

ich habe etwas aufgeschoben.

ich brauche gar nicht zu erzählen worum es sich dabei handelte.

es war etwas völlig banales. nichts, was den bestand der menschheit gefährden könnte.

und doch ging es um etwas, das getan werden musste.

und diese woche wird es kein aufschieben mehr geben.

als ich die entscheidung traf, war mir das sehr wohl bewusst.

und trotzdem habe ich mich so entschieden.

ich weiß es noch.

ich habe in der bahn gesessen, bin an der station, wo ich hätte aussteigen sollen um die sache zu erledigen, munter vorbeigefahren, habe die bedenken beiseite geschoben, mich in mein buch vertieft.

bequemlichkeit nennt man das. die bequemlichkeit des augenblicks.

das zum einen.

und es ist die typische auf-den-letzten-drücker-aktion.

aber so ist das. so bin ich.

und ich frage mich, wie meine entscheidung ausgefallen wäre, wenn es sich um etwas wirklich weltbewegendes gehandelt hätte.

genau so.

ich weiß es.

es hat aber auch einen grund.

der hat mit empirie zu tun. mit der erfahrung, die man im laufe des lebens sammelte.

ich habe die erfahrung gemacht, dass ich damit immer durchgekommen bin.

auch wenn es um etwas geht. gerade dann. dann werde ich nämlich besonders aufmerksam und konzentriert. und dann kann ich sehr entschlussfreudig sein.

mit anderen worten: ich habe gelernt, dass ich mich auf mich verlassen kann.

auf mich!

was zum teufel habe ich mit der menschheit zu tun.

mit einzelnen menschen - ja. menschen, auf die es mir ankommt.

mehr kann man von einem menschen nicht erwarten.

es geht doch um den einzelnen. es geht um mich und meine verantwortung. die verantwortung, die ich für mich selbst definiert habe.

das ist schon schwierig genug.

111

'dont cry' habe ich heute an einem alten abbruchhaus gelesen.

das heißt --- von einem haus konnte schon keine rede mehr sein. es stand nur noch eine ehemals weiße wand, darin ein türdurchbruch und ein fenster.

die ganze wand war mit sprüchen und symbolen verziert. unleserlich unerklärliches in schwarz.

doch unterhalb des fensters, in blauer farbe: 'dont cry'

ich werde nicht weinen, ich werde keine trauer tragen.
blau ist die hoffnung.

ich trinke den kaffee in kleinen schlucken.
ich lausche auf den regen.
irgendwann ist es mit meiner geduld vorbei.
ich zünde eine kerze an. ich entzünde ein räucherstäbchen.
ich stelle musik an: 'im banne der b5' - hamburger
undergroundbands der 1990er jahr.
es kommt einer verzweiflungstat gleich. straight in the
face.
wenn ich wüsste wie, ich würde grooven wie eine katze.
ich würde zweimal leben.
ich würde mich nur noch an donnerstagen rasieren.
ich würde einen garten haben, in dem nichts wächst als
erdbeermarmelade.

112

schmerzgedanken auf asphalt
leergefegte worte
kosmische beurteilungen
der mond verblödet zusehends
nur die kaninchen vermehren sich nacht für nacht
längs der mauer stößt mich eine gestalt an
'fouché', flüstert sie mir zu

der ist schon lange tot und verwest
brustkrank in triest
liegt dort in der kathedrale und verbreitet bakterien
da fällt mir ein -
aber es fällt auch gleich wieder von mir ab
glücklicherweise
denn der flüsterer hält ein messer gezückt
ich entwinde es ihm im traum
und erwache in den umarmungen einer feurigen frau
taste suchend nach der schokolade
die auf dem nachtschränkchen liegen sollte
tut sie aber nicht
leise fluchend stehe ich auf
stolpere durch die wohnung dorthin
wo ich mir nachschub finden werde

unterwegs vernahm ich ein girrendes lachen
das verdunkelte meinen sinn

113

der sekundenzeiger einer wanduhr schaufelt zeit, ein
unablässiges klacken, während er mühevoll seine runden
dreht.
ich betrachte die wand, schließe die regentropfen an der
fensterscheibe in mein gedächtnis ein.
ich schlage das rechte bein über das linke bein, betrachte
das profil meiner schuhsohlen.

es gibt wolken, wind, und die äste, die nach dem wind greifen.

tisch und sessel, unbewegt wie lauernde krokodile.

meine lage ist ungewiss, ich sehe mich quer in diesen tag gesetzt, eine erloschene suchmaschine, ein dürstender brunnen.

treibende wolken, regengüsse. aprilwetter, wie am schnürchen.

kaninchen am bahndamm, daneben der blutspende-dienst.

noch dreißig schritte durch den regen, dann habe ich die u-bahn erreicht.

man könnte es den stand der dinge nennen, wenn es nicht bewegung wäre, noch immer.

wenn ich in der bahn sitze - die perfekte gelegenheit den ortungsdienst zu befragen.

breitengrad: 53.5792577 nord

längengrad: 10.040881 ost

die gps-koordinaten:

53° 34' 45" nord, 10° 2' 27" ost

u-bahn-station dehnheide, hamburg, donnerstag, der 13. april.

morgen, karfreitag, wird es an die ostsee gehen. neue netze auszuwerfen.

114

schwarz gegen grau getauscht. ich lese mir die nacht in die augen.

hans henny jahnn: fluß ohne ufer.

auch hier geht es um ein segelschiff. um verborgenes, drohendes unheil.

was hat es auf sich mit der freiheit der meere? was werde ich erfahren nach 1600 seiten?

ich blicke mich um in der nacht. furchtsam? nein, natürlich nicht.

die stille der nacht ist weniger einsam in der stadt.

ich schäle mir eine banane, ich zähle mir meine pflichten auf: alltag.

die sterne singen leise.

das leben ist auf unsicheren grund gebaut.

der laderaum eines schiffes ist keine kathedrale, sagt der kapitän.

und doch spürt man eine feierlichkeit darin, wie in allem das über das leben hinausragt, weil es das leben umhüllt.

115

blankenese, ach, blankenese ...
trägst die nase so hoch
man sieht dich kaum.

---

dabei stimmt das gar nicht.

es ist alles so eng hier
und wer mag schon
dass man ihm in die suppe guckt.
---
darum rückzug hinter mauern und hecken
während ich
treppab- treppauf einblick nehme ...
also bitte --- da haben wirs doch!
---
und drunten am strand
all die fremden
aus der stadt
die urlaubsgäste
sonderbare wesen
störenfriede ...
---
ach, blankenese, blankenese ...
was liebe ich dich
doch
---
vom süllberg aus die elbe zu sehen
das hat schon was.
einen blick auf die weite
welt
satt
und vergnüglich
---
und dann gehen wir den konsul besuchen
seine frau gibt heute eine matinee
mit anschließendem bazar zu gunsten ...
---

oh, gott! nicht schon wieder ...
---
ja, ja - blankenese - ich weiß
ich bin ungerecht zu dir
dabei liebe ich dich
doch
ich weiß nur nicht wie ...
---
treppele vorläufig weiter
einblick nehmend
ausblicke schöpfend
erschöpft und außer atem
---
ach, blankenese, blankenese ...
weißt du
ich setz mich einfach an die elbe
und lass mir den wind um die nase wehen ...

116

im himmel versammelt sich eine stattliche anzahl wolken.
die wolken wissen das übliche mit sich anzufangen: sie
wandern.
ein leichter wind bewegt die weiden. die wedeln mit ihren
zweigen, die wie greifarme sind.
es hat sich ein mann auf eine brücke gestellt, die arme
aufgestützt, den blick ins weite gerichtet.

der mann denkt über das leben nach. ich weiß das, weil ich dieser mann bin.

das leben hat sich in gleichgültiger schönheit vor meinen augen ausgebreitet.
in meinem rücken höre ich es mit einer sirene vorbeirasen. es wird wohl ein krankenwagen sein.
eine junge frau, erfahre ich später, hat versucht sich mit tabletten das leben zu nehmen.
das leben hat sich ihrem wunsch widersetzt. sie liegt nun im krankenhaus.
auch das leben verfügt über greifarme.

117

der wind - heute - einer, der es nicht lassen kann.
die sonnenschirme drohen davonzufliegen.
immerhin sind sie breitgespannt und wohlbefestigt.
immerhin hat der besitzer des restaurants ein zeichen gesetzt, maihungrig, sonnenbegierig.
allerdings sehe ich dem nachmittag entgegen ohne hoffnungsschimmer.
stochere im aschenbecher.
begehe eine freie stunde.
besehe wer kommt, wer geht, wer seinen nacken wohlig in den pelzkragen schmiegt, wer sich von seinem hund ziehen lässt, wer nicht.

ich überlege mir, wieviele stunden es braucht zum
paradies. wenn ich jetzt aufbrechen würde.

118

nirgendwo sind die wolken solch plastische gebilde wie
unter einem nördlichen himmel, wo sie frei über die
landschaft schweben.
manchmal glaube ich, dass ich in sie hineingreifen könnte,
aber es hält mich dann doch etwas davon ab, das man
früher eine heilige scheu genannt hätte.
aber was hält mich davon ab, dies genau so zu bezeich-
nen: eine heilige scheu.
denn was wäre heilig zu nennen, wenn es nicht die
natürlichen erscheinungen wären.
irgendwelche religionen, götter- und menschendinge sind
es ganz sicher nicht, die sind verdorben und haben sich,
wenn sie es denn jemals waren, entheiligt.
doch will ich nicht ungerecht sein, es gibt noch immer
schönheit im denken und schaffen der menschen, die
wird es immer geben. darum soll auch das heilige wieder
eingesetzt werden an seinem platz, der ihm zukommt.
heilig sind der himmel und das meer.
heilig sind die stürme, heilig der wind, wenn er von uns
besitz ergreift.
heilig ist der blaue dunst, der aus den gärten steigt.
heilig sind die märchenbilder, die wir uns erschaffen.
wenn wir denken, und lauschen, dieser wundersamen
welt begegnen, ihr gegenübertreten, unmaskiert und
ohne scheuklappen.

es ist ein einziges knarzen heute morgen. alle wollen sie ausrasten unter einem unbedeckten himmel.

die hunde bellen laut.

es röhrt der erste rasenmäher.

nebenan hat jemand lampions in seinem garten aufgehängt, knallbunt wie die tulpen, die darunter stehen.

nur die forsythie lässt den kopf hängen. da besteht zuspruchbedarf.

---

sich in die tasche lügen : leicht.

schwieriger : geradeaus zu gehen.

---

in einer birke an der haltestelle ilsenweg ist ein nistkasten aufgehängt. ein- und aus fliegt ein kohlmeisenpärchen, sehr beschäftigt.

auch eine krähe fliegt. hat ein halbes brötchen erbeutet.

schausicht auf einen schauplatz.

---

knallbuntes weiterhin. im fenster einer galerie. soll wohl kunst sein. tut den augen weh. lila ist schrecklich, wenn nur lila ist.

eine frau auf fahrrad hält den bus auf.

vergeben und vergessen.

noch eine frau. mit plüschetui fürs handy. grausam.

---

soul sushi. vor dem laden ein blumenmeer. blühblumen und roher fisch.

die freiwillige feuerwehr sucht freiwillige.
hauptverkehrszeit. wo kommen denn jetzt die wolken
her? von der nordsee. einfache frage, einfache antwort.
muss aber nicht stimmen.

---

der größenwahn einer baustelle.
grüne schutzhelme werden ausgegeben.
eine verausgabung.
die enten strecken die hälse.
es wird viel geflogen.

---

ein frischer maulwurfhügel.
majo zur pommes.
rosen und tulpen.
dieses kind auf der schaukel ist ein erfinderisches genie.
noch ein stückchen melone zur erfrischung.

---

der april hat sein letztes kapitel aufgeschlagen.
weiterhin rücksichtslos.
regen und wind.
zwei atemzüge sonnenschein.

---

fabriciusstraße. ein schöner name.
fast zu schade für eine zigarette, eine umsteigestelle.
hunde, kinderwagen.
teenager mit ohrstöpseln, übers display gebeugt. die sind
in ihrem eigenen universum.
die hunde rücken beiseite.

---

der supermarkt an der ecke ähnelt einer fledermaus.
batman beim abheben.
daneben eine croque-ecke.
dass es so etwas überhaupt noch gibt! ich muss mich im
jahrhundert geirrt haben.
---
die stadt ist ohne einsicht, gewissenlos hinter schwarzer
fassade.
---
trosteinsamkeit.
evangelisches krankenhaus alsterdorf.
maren weint um ihre freundin.
erna ist im himmel.
und der himmel ist dort drüben, wo der ohlsdorfer
friedhof ist.
---
bald, bald - blühen die zwanzigblättrigen rosen.
nein, erna kommt nicht wieder.
---
der regen fällt auf die tauben und die bescheidenen ohne
kopfbedeckung, auf eichhörnchen und hundekacke.
---
gleichzeitig lädt ein schwarzer thai-cowboy sein bami-
goreng vom lieferwagen. ein araber ohne migrations-
hintergrund. ein italienischer redestrom. zahnlücke in der
dönerbude.
---
dies alles ist die stadt.
die hamburger sparkasse.
geschenkt.
---

staunen: mit welcher grazie der dicke mann aus dem auto
steigt.
ich mache mein handy an. das muss ich aufschreiben.

---

halte mein haus in der hand.
in der anderen verglimmt der zigarettenstummel.
was. wann. wo.
mein tagasyl.
niemals verstummen die sprachen.
werkstatt des lebens. gefühls.

---

mein tag als kreuzworträtsel.
edelgas mit vier buchstaben.
wenn man das mit zucker mischt, wird man schlimmes
erleben.
eine gangbreite freilassen.

---

die rendite ist einfach berechnet. ich vermiete nur an
junge gutverdienende paare. nach vier jahren ziehen sie
aus, kaufen sich ein haus. die miete ist um € 400
gestiegen.

---

gleich weg und die liebe dagelassen.
lärm an allen ecken.
ohne einparkautomatik funktioniert das nicht.

---

von vorne und von hinten: sonnenschein.
dhl fährt unermüdlich pakete aus.
bis zur morgenröte.

---

wo das morgenrot glüht, ist der tag längst erwacht. und
von den träumen sind nur reste geblieben.

---

ratlos landet der vogel auf dem dach.

---

und restlos glücklich ...

120

dieser april macht mich noch immer ganz wuselig.
blauer himmel am frühen morgen, heute besonders satt,
dann wieder wolkengeschiebe.
aber es gibt momente.
ich steige aus dem bus, überquere die straße, bleibe
stehen, zünde mir eine zigarette an.
ein junger typ kommt auf mich zu.
'ist das cool, ist das cool', ruft er.
ich weiß sofort was er meint, strecke ihm mein feuerzeug
entgegen. er nimmt es, steckt sich seine zigarette an,
reicht mir das feuerzeug zurück.
wir lächeln uns an, gehen unserer wege.

---

café und croissant, hohe fenster. die tulpen auf dem tisch
wirken wie ein himmelsöffner, ein suncatcher.

---

ein vormittag der besinnung. leises stimmengemurmel im
hintergrund. ansonsten alles wie gehabt. im oberen
viertel der fenster bewegen sich die weißen wolken vor
blauem hintergrund.

wie auf jeder guten bühne bleiben die kulissenschieber unsichtbar.

---

heute. morgen. übermorgen.

es ist, als ob man ewig tonleitern übte auf dem klavier, dann aber, ohne vorwarnung, in ein menuett übergeht, zunächst leichtfüßig, dann stürmisch bewegt, zum bauerntanz mutierend.

ich spreche natürlich vom himmel.

über dem wasser schwebezustand, taumelgefühle wie immer. darauf ist verlass. leichtes gekräusel, sonnenspiegel, zwei gänse, wie betuchte kaufleute, hansekoggen.

---

eine focacceria. davor, versteckt unter den platanen, steht eine polizeikontrolle, wie ich sie heute schon an vielen ecken entdecken konnte. wolkenwächter. sie haben kinder bei sich, die dürfen die kelle schwingen. es ist girlsandboysday. da geht es hoch her. in der stadt sieht es bald so wuselig aus wie in mir.

---

ich, umgeben von menschen, die im nebel halt suchen. sie finden nichts außer bauklötzchen, über die sie stolpernd zu boden gehen.

---

aber die wolken, unwiderstehlich pausbäckig, helfen ihnen wieder auf die beine.

auf einer einzelnen wolke, etwas abseits, sitzt eine harfenistin, lässt ihre träumerischen finger über die saiten gleiten.

---

es ist wie beim ersten mal, wenn du das vorspiel der zauberflöte hörst, du möchtest es in dir nachklingen lassen, schon hebt der vorhang sich, und es schreit jemand um hilfe.

---

aber das blau!
ruft mir der reiher zu, bevor er abtaucht in nachbars teichparadies.
ich habe es nicht vergessen.

121

elbfähre wischhafen.
kein großer betrieb, keine wartezeiten.
draufgefahren, schon geht das los.
sonne wolken wind und kabbelwasser.
gischt sprüht, spritzt uns alle nass.
braune brühe, aufgewirbelt, dabei ist kein sturm.
ebbe ist, die sandbänke sind freigelegt, darauf rastende gänse, viele.
brokdorf links, hamburg rechts, nicht zu sehen.
nur wasser, kabbelwasser, schäumwasser, wuselwasser.
wind. starker wind. noch mehr wind. nur noch wind. da heißt es gegenstemmen.

lachende gesichter. staunende, von denen, die es nicht
kennen.
die elbe ist breit hier. fast kein fluss mehr, noch kein
meer, ein haufen wasser, wildes aufbäumen, ein
bohrendes pressen.
die gischt sprüht hoch, sprüht höher beim beidrehen.
alles stürzt in die autos, die motoradfahrer gehen
dahinter in deckung.
ein wellenritt geht zu ende, vor uns liegt glückstadt,
dahinter die pampa, die elbmarschen.
engelbrechtsche wildnis, blomesche wildnis ---
verheißungsvolle namen versteckt hinter tausend
kanälen, brücken, die führen ins nirgendwo.
ich hab mich hier schon immer verirrt.
das macht nichts.
die erfahrung sagt: einfach weiterfahren.
irgendwann wird ein schild auftauchen, darauf wird
'hamburg' stehen.
elmshorn wäre auch nicht zu verachten.
ich wär sogar mit itzehoe zufrieden.

122

struppig und ein wenig unartig
schien der hund am waldrand mir
als sein blick mich traf
wolf, der du von süden nahst
hüte dich vor der stadt
hamburg
wäre ein guter platz für coyoten

123

hamburg, anfang mai

arme stadt, reiche stadt.
den himmel kannst du dir nicht kaufen.
der ist so grau wie deine baugruben
unvollkommen braun und schweißig sind.
fertigstellung: nicht vor dem nächsten weltuntergang.
größenwahn in rathausköpfen.
einen wolkenkratzer wollen sie bauen.
als ob die hafencity nicht öde genug wäre.
kein vogel möchte darin wohnen.

auch ich werde diese schluchten meiden.
ich suche mir den schrei des lebens,
ziehe mir den reißverschluss zu bis oben hin,
noch immer trage ich die winterjacke, warm gepolstert.

der schrei des lebens, das ist der schrei der möwen über
der binnenalster.
die wasserfontaine sprüht ohne sinn und verstand.
der jungfernstieg.
schöne touristinnen aus südlichen ländern frieren in ihren
dünnen kleidern.
wer hamburg nicht kennt muss zittern.

colonnaden.
hier verdämmern gespenster, erinnyen, ein ganzer chor.
die verkapselte rückseite der oper.

es wurde schon wieder eine viertelfagottstelle gestrichen.
der wasserbauch der verwaltung schwillt.
aber im kopf tönen die melodien.
ich könnte einmal wieder ein notenheft durchblättern.
die alte musikbuchhandlung gibt es noch.

donizetti. wie aus dem ärmel geschüttelt.
cavatine, marziale, *intanto, o mia ragazza* ...
ein ewiges sehnen, liebe, spüre ich deine macht.
meine blicke verfangen sich in den unsichtbaren seufzern einer nicht mehr ganz jungen sopranistin, eines altgedienten tenors.

es war um die mittagsstunde.
als ich mich in planten un blomen auf die wiese setzte,
rundum die tulpen blühten und die krähen am teich spazierten.
natürlich baulärm im hintergrund. ein bohrhammer.
wennschon - dann richtig.
zu laut für ein wort, das nicht eintrifft,
das mich nicht finden kann.

der ich selbst mich zu verlieren drohe.
wie denn auch nicht, wo die amseln blindlings in der erde wühlen.
ich lasse mir keine schwäche anmerken.
ich spüre schatten unter meinen füßen,
nah und fern hat an gewicht eingebüßt,
ich brauche nur deinem lachen zu folgen,
es hat sich hinter den berberitzen versteckt.

so erklärt sich die stadt, die groß ist und schön, trotz
allem.
sie gewährt auf alles rabatt.

124

das auge des ethnographen

michel leiris.
ein grenzgänger.
womit ich meine: einer, der überall aneckt.
womit ich meine: einer, dem nichts genug ist.
der sich nicht sanft zurücklehnt, den kaffee schlürft.
anderen die revolten überlässt.
der sich nicht damit begnügt, surrealist zu sein.
der sich nicht damit begnügt, existenzialist zu sein.
etiketten bedeuten ihm nichts.
er sucht.
er sucht die grenzen ab.
er sucht den weg hinüber.
es sollte doch ein übergang zu finden sein.
ein passweg, ein schmaler pfad doch zumindest.
den zu suchen hat er nicht aufgegeben.
ungenügsam.
ein gefährlicher mensch.

125

gesichter
überall gesichter
alle haben sie gesichter
autos
menschen
straßen
häuser
bäume
hunde
werbeplakate

gesichter
die man nicht einfach so umgehen kann
aber man kann sie aus der wahrnehmung streichen
man kann sich ziegel auf die augen legen
sie mit splittern versehen
einem drahtverhau
einem tiefen schacht
in dem sich alles verliert

ich habe kein gesicht gesehen, heute
ich habe gut funktioniert

126

ohlsdorfer friedhof

ich bin lange nicht da gewesen
zu lange vielleicht

ich ging den runge besuchen
habe ihm äpfel mitgebracht
nüsse auch
er hat mich nicht wiedererkannt
ein stein, der in gräsern steht

die vielen blumen
kerzen und schweigen
unter den bäumen
die schattenalleen

ich weiß noch nicht
wie weit ich gehen möchte
ich setze mir kein ziel, keine stunde
schmerzlos
meine stirn ist kühl
mein herz

botschaften
in stein gemeißelt, lebensspannen
notizen für das leben danach
darüber hinaus
verfangen in glockenschlägen

einem himmel, verhangen
gänseblümchen, immergrün

ein stiller weg, ein stiller see
eine treppe, ein sockel, dem die urne fehlt
die ewigen lichter sind ausgegangen
auf den stufen sitze ich
ein wanderer in gezeiten
ein rotkehlchen hat den sockelplatz eingenommen

127

die wolkendecke, die zu boden rast
was am boden sitzt
was nun in den boden kriecht
mitten in der nacht
weil alles so unerwartet kam

es ist schlimm, wenn der himmel zusammenbricht

wenn es nun aber eine täuschung war
es hat sich auch wieder gerade gelegt
schichten haben sich gebildet
so still ist es geworden
verwirrend

es gibt keine anhaltspunkte mehr
was geschah

denn dass etwas geschah
hundertmal höre ich es noch
jetzt, leise wispernd wieder
aus dem boden kriechen

rätselhaft
ist das haus, in dem wir wohnen
und morgen
morgen, das ist eine frage des lichts

128

die sonne lässt sich weiterhin nicht bewegen. die wolken
machen wind und kalte luft und den ganzen kokolores. es
ist ungemütlich.

sokrates nimmt den giftbecher und trinkt. ist doch
scheißegal, denkt er, ich hab meine zeit gehabt und
asklepios bekommt einen hahn zum frühstück.

ich frage mich, was mit dem wetter geschehen ist.
wahrscheinlich sind die politiker schuld. es gibt für jedes
eine einfache erklärung.

heidegger hebt den arm zum hitlergruß.

da fällt mir ein: ich habe dieses jahr noch keinen dompfaffen gesehen. ich habe überhaupt erst einen pfaffen gesehen, nein zwei. die haben kuchen verteilt und kaffee eingeschenkt und waren sehr nett.

im café der existenzialisten wird jeden tag ein platz frei. ich sitze trotzdem lieber bei den dealern und den zuhältern. das ist zwar auch nicht so besonders interessant, kommt dem leben aber näher.

mein problem löst sich dadurch nicht.
ich weiß jetzt auch gar nicht mehr was für ein problem ich eigentlich hatte.

129

bei der noname-tankstelle ist das super aber günstig ---
nein, doch nicht ---
vor dem aldi tauschen zwei vietnamesische frauen die einkaufstaschen aus. die ältere der beiden scheint die schwerere tasche tragen zu müssen.
ich wundere mich, wie diese entscheidung wohl zustande gekommen ist.
ich gelange zu dem schluss, dass der älteren eine größere erfahrung zugebilligt wird.
die kulturellen diversionen sind doch immer wieder verblüffend.

regen. die schlechtigkeit des wetters ausbaden.
die morgendliche stunde im bademantel ausdehnen, weil
es passt.
weil ich zeit habe zeit verstreichen zu lassen.
nichts lesen, so wenig wie möglich denken.
ich bin mir genug mit kaffee, buttertoast und
frühstücksei.

die zeit ist ein großes auge.
das lässt mich nicht los, das lässt nicht von mir ab.
die zeit behält mich im auge und wartet.
die geduld der zeit ist grenzenlos.
ich kann mich nicht mit ihr messen, da ich nicht messbar
für sie bin.
irgendwann werde ich zu strampeln beginnen. dann habe
ich verloren.
die sterblichkeit wird zurückkehren in meinen körper.
ich spüre erleichterung.

wenn es nun aber keinen tag gäbe und keine nacht ---
wenn ich ein tiefseefisch wäre oder ein wesen, das in
höhlen lebt.
wäre die welt eine andere.
wäre eine andere zeit.

ich schwimme in meiner eigenen. ich strampele.

die zeit hat keine uhren
sie schwingt sich auf ein ahornblatt
und gleitet
zum fluss
dort tanzt sie auf den wellen
treibt davon

außer sicht

131

nachmittag, rundumsicht

die hecken sind gestutzt.
die sträucher zurückgeschnitten.
alles normal.
der himmel magrittemäßig.
babyhellblau mit weißen wattebäuschen.
also: wie gemalt.
schmetterlinge.
schatten. da, wo er hingehört.
vogelstimmen. nah und fern.
ein windrad dreht sich.
die sonne wirft sich auf ein gewächshaus.
nicht nur, sondern auch.
der rhododendron blüht.
zwei rotkehlchen gehen auf dem rasen spazieren.
zwischen den steinplatten der garageneinfahrt wuchert
gras.

pollenflug. kleine luftschiffchen. mückengeleitzug.

kein mensch.
keine menschenseele.

unberührt: die häuser
unbegangen: die wege
unbefahren: die straßen
unbelebt

es sitzt mir im hals.
es beißt mir auf die zunge.
meine wimpern verklebt.
meine augen eingesunken.

ich könnte schlafen
und nun schlafe ich

132

maikinder

ich sehe
ich verschmerze sonnentage
ich plündere erdbeermünder aus

ich schreite fort
nähere mich den geheimsten plätzen

zernagter wurzelstoffe
wo die stadt aus den fugen geht

kotstriemen am geschlossenen verdeck
einer zitronengelben corvette
drüben auf dem kiez

von mitternacht zu mitternacht
glänzt der mond heller
legt sich ins tannendunkel
ein loderndes feuer
das bändigt der löwendompteur

hülsen und schalen
speit die sprache aus
übrig bleibt ein muttermal

wenn ich in den schatten eines baumes trete
sind wir zwei schatten
wird das dunkel provozierender
undurchdringlich dem licht
werden wir nie

meine wahrnehmung
zusammengefügte blätter, collagen
aus zerfetztem papier
ein belüftungsrohr rechts
eine betonmauer links
ein leben wie auf dem trockendock
rückschau haltend, ich

149

gegenüber, gegengebeugt den heckenwällen
den abschirmungsgebräuchen
angeranktes
him - und brom - und stachelbeer
dornig

aber selbst in den trümmern
der abrisshäuser noch
blüht das gewöhnungshungrige
über den schutthalden
die der bagger aufgefahren
streckt eine amsel sich, steckt
ihr neues revier ab

am ende des lebens
erwartet noch immer ein biergarten
den träumenden
möwen
die im blau kreisen
sich höher schrauben
außer sicht

der andere teil von mir
knipst sich lautgeräusche ab
hält den tod ab von der hand
hält tränenfern den wind

das ungelenke grün im park
noch problembehaftet, ungenau
sollte nachgezogen werden

hier etwas gelb
und ein blauer schmetterling

jedes, was mein auge berührt
ist mit verstand geschaffen
so stand es auf den tafeln des hammurabi notiert
von leugnern zertrümmert, zersplittert
wie trunkene schiffe
über den wüstensand gestreut

nun heißt es durchhalten, durchatmen
durch die scheiben pusten
ohne sich selbst zu begegnen
keine selbstportraits!
keine seelenwanderungen!
längst sind die bäume wieder bewohnbar gemacht
findet jede made ihr glück

die weite landschaft verbreitert sich, wird
zu einem gefüge aus bäumen und krähennestern
dahinter der fluss, der ein echo gibt
der lobt sich aus in seinem bett
uneigennützig und träge, tragbar allen verhältnissen

die welt schaut sich an, auf den wellen
kleine glitzerstäbchen, silberdurchwirkt
entfernung hebt sich auf, hier
mischt sich in die dreifaltigkeit des hafens
der seine füße in allen weltmeeren badet

der hafen, ein ort, der sich niemals überlebt
ein seemann auf staksigen, noch meertrunkenen beinen
ein kuttel daddeldu, um keine antwort verlegen

die kräne recken ihre hälse, wie gottesanbeterinnen
der himmel: unbeteiligt
für keinen silberling zu haben
die wolken reihen sich, schlachtrossen gleich
dabei brauchen sie nicht zu streiten
keine kriege zu führen, nicht aus eigenem antrieb
für keinen herrscher der welt
niemandes heerschar, frei und enthoben
erhobenen hauptes ziehen sie ihrer wege

einladung zu fensterlosen ausblicken
nur den eigenen körper sprechen lassen
wünsche mir kein brüllen und brodeln
an bord
droht ein blinder fleck sich auszubleichen

schnaufende hebelkräfte
ikonen des schreckens
findlinge am grund

die wahrscheinlichkeit ist eine leidenschaft
die duftet nach terpentin im regen
die wahrscheinlichkeit, dass ich sterben werde ...

ob die krähe um solche dinge weiß
knöchelchen wirft, geheimnis zu befragen?

sie stößt sich vom dachfirst ab
schwarz und vernehmlich flatternd
flügelschläge, als hingen bleigewichte an

blutrote heiterkeitsausbrüche
ein schlaf, der an seinem ende nicht enden möchte
wenn du voller schrecken nach dem herzen greifst

bin doch nur eine versäumte seele
eine aussaat, verschlossen
wo sonnenblitze sich kreuzen
versuche mich den bäumen mitzuteilen
es hört mich sonst keiner
aber - schau - wie der flieder blüht!
wie er duftet!

auf sand gebaut
ein programm, in wiederholungen
schon gräbt sich das regenwasser
einen neuen weg
da öffnen sich steinerne arme
löcher schlägt die finsternis

die mit dem feuer spielen, mit augen und eingeweiden ...
kein system des menschlichen denkens
ist raffinierter erdacht, ist ausgeklügelter
als der plan, die böse tat beschwichtigend
in ihr gegenteil zu verklären

philosophen und diktatoren, die an einem strang ziehen
granitgesichter
eiserne bärte

ernst barlach, der einsame wanderer
mit wehendem mantel, breitkrempigem hut
in güstrow, auf der brücke
zweifach verfemt als
dem volk nicht dienlich, als
zu eigensinnig, zu sehr das individuelle betonend
ein mensch

ein mensch
nur ein mensch, wie man sagt
und meint doch das eigentliche

kleine universen drehen sich
auf dem abhang der seele
steilstufe um steilstufe nehmend
bis alles verschlungen ist
bis auf den rest des seins, zuletzt
eine amphore, staubgefüllt
schaukelnde lichtpunkte, flirrend
ein glitzernder käfig nimmt sie auf

greifbarer ist mir der wein, sind die klänge
eines klavieres, die ersten akkorde, brahms
zauberische kreise, wie schumann sagt
oh - my heart's in the highlands ...
die kunst der leichten veränderung

auf dem strom zu treiben
wenn das mondlicht scheint
fällt es leichter

fällt es sich leichter
im versprühen großer gedanken
unnützer worte, altpapier

vogelnester ausräumen -
wäre mir nie in den sinn gekommen
ich habe immer respekt vor der natur gehabt
ich ließ sie schaufeln

hier
wo ich sage: es war nichts
eine spiegelung
ein leichtes gewelle in grün und braun
ein erlkönig im haselstrauch vor'm haus
verständliches lotrechten und feilen
rost an der tür

neulich am see
diese eine minute

es gibt keinen grund zu widersprechen

133

alle farben. an einem tag sind sie da.
dieser tag --- donnerstag, der 11. mai auf der
meenkwiese.
frühlingsfarben. aufgeblüht. knospen zu blättern
geworden. farben.
da stehen sie.
und ich nehme sie alle, die farben jetzt, alle.
sie sind da.

freude empfinden.
wie weh das tut.
dass keiner sonst es verstehen mag.

falsch.
ich hätte verstehen sollen.

134

ortsansässig

bin in meinem zuhause bewandert
kenne die schatten an decken und wänden
verstehe, wie ich die sonne zu empfangen habe, den
regen
höre unterm dach den herbstwind wühlen
sehe die schneeflocken am fenster vorübertreiben

auch das draußen kenne ich gut genug, weiß
woher der reiher eingeflogen kommt zu nachbars teich

habe mich eingeflochten in gewohnheiten

gewohnheiten

silberhaarig und bedächtig
wiegen sich im schaukelstuhl am ofen
schmecken nach zimtsternen und lebkuchen
duften wie ein winterpunsch
wenn die tage sich verstecken

schleichen erinnerungen ums haus

es gab eine zeit, da ich mich verloren glaubte
verzweiflung an mir fraß, mich zu verschlingen drohte
sehr real und unmetaphorisch trocken
wie das leben es gerne haben mag

da versuchte ich gegenzuhalten
habe wie ein holzwurm gebohrt
doch dann
ist es doch wohl eher das glück gewesen
das mich wiederfand
an meinem eigenen ort
der ich bin
der ich zu werden begann
erneut

erneuerung

selbst in tagen, die alt und grau dahergehen
mit wolken, die so schwer sind
dass sie sich auf deinen schultern abladen wollen
es ist eine unheilbare krankheit
der glaube an den silberfaden

wenn du daran ziehst, ertönt ein heller glockenton

schiefmaulig
mit der zunge über die oberlippe streifend
misstrauisch wahrgenommen

hält sich der alte schnee von gestern
niemals lang genug
um zu begreifen
dass ein sommer kommt

doch du

ich
weiß das wohl

hör dein flügelsurren
leicht
dass ich alle fenster öffne
damit du verschweben kannst
in der ferne
spür ich deine atemzüge noch

sprech ich mir
leise

du

bist an deinem ort

und dann begeben wir uns auf die reise
um einen dritten zu finden

es könnte die kindheit sein
an einem septembermorgen
wenn alle wolken losgezogen sind
und wir strampeln ihnen hinterher auf unseren rädern
um sie einzuholen, zu überholen

wir könnten uns auf einem schiff begegnen
der mond wäre eben aufgegangen
die sterne spiegelten sich im meer

wie die lichter der straßenlaternen in regenpfützen
in london, oder in paris

es gibt kein beheimatetsein
von dauer
unabänderlich
wie die schwalben in den süden fliegen
sind menschenwege unbestimmt
schicksalsflattrig wie ein großer weißer vogel
dessen verrückten kapriolen über zerklüfteten felsgipfeln

es geschieht
es könnte deiner fantasie nachgebildet sein

es gibt wünsche
gewissheiten gibt es keine

so alt ich werde
nach meinem maß und meinem verstehen
suche ich den herbst in den gräsern
lippen, warm und rot
möwen, die am ufer warten
kinder mit aufgeschlagenen knien zu trösten
menschen, die in allen sprachen reden
einen himmel von licht
über einer erde von ockertönen
musik
und ein lächeln, zuletzt
ob das vermessen wäre?

135

vortex 1

ein beharrlicher nieselregen fällt
der drückt der stadt den atem ab
der drückt ihr die wolken in die lungen
dass sie nur noch keuchen kann

der bettler sitzt an seinem stammplatz
neben der auffahrt des ärztehauses
er hat sich in eine zerlumpte decke gehüllt
sein gesicht, sein mund
unter einer grauen kapuze verborgen
unverständliches brabbelnd
einen gruß, einen fluch
einstudiert, tausendmal wiederholt
ich begegne ihm mit einem lächeln
da ist er schon wieder zusammengesackt
ein feuchtes prägezeichen

mitten im flug, in der vorwärtsbewegung
dreht sich die krähe
dreht sie ab

136

vortex 2

ein rotbraunes mäuerchen
alt und verschoben
voller moos und taubenkacke
farne wuchern aus den ritzen
dunkler löwenzahn
s + r lieben sich
blaue cocktailstunde
zwei streifenpolizisten

der hausmeister packt
den hochdruckreiniger aus
die tauben gurren
vom sims der ersten etage

ich zünde mir eine zigarette an
vom bahndamm kommen blätter geflogen
der hausmeister krempelt die ärmel auf

137

die vorstellung, dass jetzt jemand mit einem
buntbemalten alten vw-bus angefahren käme, neben mir
hielte, sich aus dem fenster lehnte und - "komm mit, wir
hauen ab nach palermo", riefe.

138

wein aus dem hérault zu trinken, an agde zu denken,
seine verwinkelten straßen, dort zu sitzen, muscheln zu
essen und den wein vom land zu trinken, das dahinter
liegt, sonnengeflutet.

139

wenn die tage doch immer so vergehen könnten, beinahe lautlos.

weder der regen stört, noch ein entferntes martinshorn.

das martinshorn erinnerte an leben und tod wie eine spur in meinem gedächtnis.

als die wolken sich ausgeregnet hatten, zogen sie davon ohne viel gewese zu machen, wurden beinahe wesenlos dabei, als ob sie sich vergessen hätten.

ich weiß schon, dass solche tage selten sind, und freue mich gleich doppelt darüber.

ein weiterer atemzug reicht aus, um mich schläfrig werden zu lassen.

doch ich werde wach bleiben und wörter sammeln, vielleicht auch nur deren melodien.

leiser als der frost des kommenden winters.

140

den großen becher kaffee in beide hände genommen
das wärmende gefühl zu genießen
dabei die gelben blätter der birke betrachtend
deren noch immer dichtes laub im wind bewegt
wie ich meine gedanken abwäge
ich hätte noch einmal den sommer ---
ja, was?

ein richtiger sommer ist es doch nicht gewesen
und nun ist es zu spät

nun werden die langen herbstabende eingeflogen
kommen
das feuchte laub, der schnürende regen ---
heute noch werde ich mir einen vorrat kerzen zulegen
und räucherstäbchen

141

denken -
legt stolperfallen aus
untergräbt den regenfeuchten boden
du sinkst darin ein
reibst dir die augen

nanu?

wenn man dahinter kommt
hat man schon kopf und kragen verloren

na und?

es ist ja doch sonst nicht viel los
im leben
in dem bisschen leben das bleibt
im regen stehen und lacht dich aus

warum ich bin
wer ich bin
und dann -
wie ich es anstelle, dass ich bleibe
zu meiner zufriedenheit, zu allgemeiner zufriedenheit?
besteht handlungsbedarf?
das alles will beantwortet sein

es scheint mir etwas zu viel für einen tag

142

warum, fragt ernst meister
erschrecke ich mich über das seiende
obwohl ich zu ihm gehöre

ganz einfach -
weil nur erschrecken kann
was ist

alles andere ist geschichte
deren erschrecken vergangenheit ist

143

wie unaufgeregt die frösche ins wasser springen, wenn
ich die gräben im moor abgehe.
sie sind sommermüde und machen sich winterfest.
die kraniche rufen, und die hirsche.
wir alle wissen sehr genau um die letzten sonnentage.
ein alter mann am stock kommt mir entgegen.
wir grüßen uns, nicken einander wohlwollend zu, wir
werden es nötig haben.
die kühe wollen gestreichelt werden.
zwei radfahrerinnen steigen ab, setzen sich auf die bank
am wiesenrand und schließen die augen.
diese tage liebe ich, denn die zeit scheint stehengeblieben
in der tag-und nachtgleichen.
es sind nur wenige tage, vielleicht sind es auch nur diese
beiden: du und ich.

144

wenn ich mir vorstellen wollte, was man sich vorstellen
könnte -
zweifelloses: fratzen, gestalten -
unabdingbar ungeschlacht ausgegossen

ich habe sie entstehen lassen
weil sie sind
weil sich eingefunden haben

eine muschelschale
augenfältchen
ein geriffeltes buchenblatt

145

atmosphäre -
was da ist
was sich aufgreifen
weiterleiten lässt
die eingestimmtheit
von ort
sinn und verwandlung

schönheit im kleinen
fluidum
wassertropfen
chlorellen protozoen
unter dem mikroskop
augenaufbereitet

im großen
eine satellitenaufnahmen
skagens gren
wo nord
und ostsee sich begegnen
ein ineinandergreifen
farbenspiel und farbensprache

eine strömung
in der luft
im wasser
eine bewegtheit
der strudel
zieht es ein

wahrnehmung
willkommen geheißen
oder abgelehnt
der erste eindruck zählt

in sekundenbruchteilen entscheiden

stein vogel und gehäuse
eine empfindung
ein gefühl
wohlbehagen

aus dem nichts

ist alles da
aufgetan
nimmt es seinen platz ein

in mir
in meinem rahmen
hier

wenn ich nicht
in diesem café säße ---

wäre die atmosphäre eine andere
gäbe es keine magie
gäbe es keine leidenschaften
zu entwickeln
gedanken
aberwitzig
und surreal

quer und *queer*
gegenan
der norm
schlicht
und bewusst
und bestimmt

körper und präsenz
ich
hier drinnen
in mir
meiner werft
ich
stoff und haut und hülle
forme

zusammenklang

dann
gibt es geheimnisse
nicht
zu hinterfragen
zu erleben gibt es sie
das gilt es

wenn es im fluss ist
wenn sich ein klang einstellt
gegenpole sich
ohne gegensätze bilden
finden

stein und wasser zusammen

wenn ich jetzt einen schritt weitergehe
bin ich da

anhang

travemünde. fähre. möwenschrei. wahlkampf in sh. 'her mit den fetten löhnen!'
gegenüber, in priwall, das seniorenheim. ohne sorge, sei ohne sorge.
das fortgehen ist nicht immer leicht.
das ankommen dauert bloß 1 minute.
€ 1,30 pro person, € 3,90 für das auto.
das ist nicht übertrieben. meidet man doch den stau auf der rostocker autobahn.
der wäre so gewiss wie der tod dort drüben.
ich zeige dem tod die kalte schulter und fahren gleich weiter.
holperstrecke. 1 schlagloch am anderen, übergangslos, bis zur zonengrenze.
wo mäcpomm anfängt wird die straße zum genuss. die soli-allee. purer luxus. bis zum strand.
wolkenriesen, wellen weiß wie schnee. sturmgebraus, zerzauste haare.
die fähre nach helsinki. weit draußen. scharfe konturen.
wikingerboote: keine. steine und wilde schwäne.
auch schweizer. wie immer und überall im norden. die sind ihre täler leid, die einschnürende enge. die wollen auch einmal einen himmel haben.
austernfischer, seeschwalben, die steilküste bröckelt.

---

am abend: vollkommene stille in der straße des friedens, rosenhagen.

---

morgens krähen die hähne, heiser.

---

eier beim bauern geholt, milch und honig. im regen.
eine zigarette in der stille. ein neugieriges huhn am zaun.
etwas platt schnacken. gemächlich, ohne eile, wort für wort, wohl erwogen, zugeteilt.
alles einpacken in den mitgebrachten beutel.
'ick will denn mol wedder ...'
'jou'
trotz aller sprachgemeinschaft spüre ich misstrauen gegenüber dem großstädter.
die menschen wittern promiskuität und drogenhandel.

---

einkaufstour nach dassow. penny am see. regenver-
hangen.
ich laufe den todesstreifen entlang.
hier stand der zaun, dort sind die gräben.
das ufer gehörte schon zu westdeutschland. seltsamer grenzverlauf.
der schilfgürtel. szenerie für tragödien.

den stacheldraht und sämtliches baumaterial lieferten firmen aus westdeutschland.

ein blühender geschäftszweig. später weggebrochen. doch fanden sich bald neue märkte. stacheldraht verkauft sich jederzeit. tod und verderben geht immer.

lachende politikergesichter. schlohweiße zähne. aber die humanität im knopfloch. ein leben in verlogenheiten. die übliche ausrede denke ich mir dazu: wenn ich es nicht tue, tun es die anderen ... darum also werden die parlamente immer umfangreicher. das leben in verlogenheiten scheint lukrativ genug.

wenn es nun aber keine anderen gäbe ...

träumer am see.

kurzer halt an der tanke. 3 päckchen karo auf vorrat. 2 croissants sind im angebot.

der raps setzt gelb an.

wenn er erstmal richtig zu blühen beginnt: ein sonnentempel.

auf dem weizenfeld ein einzelner kranich, zurück-gebliebener der großen nordwanderung.

kalkhorst. schöne backsteinkirche.

ein konsum. allerdings geschlossen.

schlossgut gross schwansee.

hotel. restaurant. brasserie.

eine allee zum strand hinunter.

sturmgepeitscht.

'sonne!' ruft mir jemand entgegen. deutet zum himmel. da ist sie.

wie die schwäne auf den wogenkämmen schweben!

es geht nach osten. mit dem wind.

174

eine einsame rote boje.

das alte spiel mit den wellen ...

trifft sie mich, trifft sie mich nicht?

stoisch stehenbleiben. nicht schummeln, keine bewegung!

komische vögel gibt es ...

das kannst du aber laut sagen ...

eine nächste biegung noch. und noch eine. wenn ich jetzt immer so weiterginge ... immer weiter die küste entlang ...

träumer am meer.

aber ein schöner gedanke.

noch eine biegung?

na sicher doch.

hinter mir, im westen, zieht sturm auf. eine graue wetterwand.

hilft ja nichts. ich muss zurück, dagegen an.

vorher eine karo rauchen.

der wind bläst wie blöd.

das meer ist weiß.

es hat schon etwas meditatives.

am horizont finsternisse.

5 schwäne kommen gegen den wind eingeschwebt.

wenn selbst die so zu kämpfen haben ...

kurze zeit später ein schwarm tauben.

was wollen die hier?

sie drehen aber gleich wieder ab.

dann ist die wetterwand über mir. heftigst. hagelschauer.

kein voran. rücken gegen den wind. seitwärts findet sich ein pfädchen, glücklicherweise. der abhang ist nicht zu steil, das pfädchen führt auf den fahrradweg.

durchschnaufen. plötzliche stille. nicht ganz. vom strand hört man den wind heulen, toben. ich bin völlig durchnässt.

dann wieder die allee.

---

rückfahrt auf nebenstrecken. einheimische fahren hier nicht. die beiden autos, die mir entgegenkommen sind hamburger. na logo.

in dorf neuenhagen gibt es sogar noch gepflasterte straßen. nostalgie.

---

wilde träume am nachmittag. träume von sex und drogenkriegen.

nein, quatsch. ich kann mich nicht erinnern.

der wind streicht ums haus, sehr vernehmlich. pfeift im dachgebälk.

ich gehe eine zigarette rauchen auf der straße des friedens.

keine karo. eine selbstgedrehte.

148 schritte bis zum beginn der felder. inklusive der treppe. ich habe sie auf dem rückweg gezählt.

die weiten felder des ostens. darüber sonne. aber auch regentropfen.

kein huhn am zaun.

---

am abend: heftiger regen. danach: sternenklar. ein abgerupftes löwenzahnblatt neben dem eimer, in dem ich meine füße entsande.
weit in der entfernung gibt jemand eine fete: 'take me home, country roads ...'
transparente luft. jeder ton hörbar.

---

behaglichkeit unterm dach.
hölzerne schräggeneigtheit.
die schwalben heute morgen: übermütig.
der hang in voller blüte: tropfnass.
aus der kombüse: kaffee, schrippen und frühstückseier.

---

der hahn kräht so gut er kann.
das huhn ist wieder am zaun. es wird wohl das von gestern sein.
wenn es nun immer so weiter ginge, morgen für morgen, tag um tag ...
unausschöpflichkeit vortäuschen in diesem regelmäßigen gegenübertreten. unermesslichkeit.
bis das huhn gestorben ist, oder ich.
ein leichter, kalter wind. der himmel grau, sich dunkler einfärbend.
wenn ich ein stückchen weiter gehe, sehe ich die lübecker bucht hinter den feldern.
das meer höre ich rauschen.

177

das leben, dieses zwitterwesen aus werden und vergehen, und die zeit, die eindimensionale, die nur eine richtung kennt. doch womöglich strebt die zeit sich dem leben zu verbinden in einem einzigen, letzten ziel.
das ersehe ich dem regen.

---

es sind gedanken, regengedanken. der regen verlangsamt das leben und die zeit.
in der stadt treibt man darüber hinweg, vergessenstrunken, hier auf dem land, hier das land --- schweigt ...

---

es geht nicht darum, das universum zu erkunden.
es geht um diese eine sekunde.

---

kein regen mehr. kaum wind.
etwas sonne, schafe, ein rebhuhnschrei.
das meer: ruhig.
die schwäne: ein entspanntes treibenlassen.
atem schöpfen.
sie schaukeln sich auf den wellen, weiß.

flut und bröckelnde steilküste nach dem sturm.
die see verändert sich von tag zu tag.
sie verändert den strand. sie verändert mich. verändert
mein sehen. mein ich. ich bin neu. so gefalle ich mir, welle
auf welle, ein schiff, zum auslaufen bereit.
eine lagune hat sich gebildet, seetang angeschwemmt,
ein krebstier.
meerschaum. das meer, wie es salz ansetzt.
licht, helle. weißer sand.
das meer: tiefdunkel. ein tintenfass mit leichten
kräuselungen.
wie die möwen über das wasser schießen!
mich hinreißen zu stillen ausrufen der freude.
sanddorn in den dünen. ein lenkdrache. kinderlachen.

---

rückkehr.
dies ist ein tag, an dem werden keine schandtaten
begangen, ausnahmsweise.

---

kaffee, schrippen, käse.
ich gehe eine rauchen auf der straße des friedens.
es lehnt eine alte frau übern zaun. die hühner schlafen.
die enkelin der alten frau kommt dazu. ihre sneakers:
metallisch rosa, glitzernd in der sonne.
ach, die leute vom dorf!

---

irgendwann findet sich die zeit, den himmel zu umarmen.

---

butterblumen und ihr verhältnis zur wiese, was sie der wiese geben angesichts eines grauenden gewölks. es fängt zu regnen an.
die amsel singt vom scheunendach.
sie singt von ihrem ort, von ihrem hier.
sie singt. die butterblumen leuchten, satt.
wenn ich zurückkehre, möchte ich wissen wo ich war.

---

ich habe mir einen stuhl ans fenster gerückt und betrachte, was ich von hier aus sehe.
ein schiff fährt vorüber, wie selbstverständlich, mitten durch den apfelbaum.
die kunst des zurücklehnens und des staunens. was gibt es mehr?
geschaukelt, gewiegt, eingelullt in dem angenehmen gefühl, dass heute noch nicht morgen ist, und morgen noch kein übermorgen bedeutet.
ich kann mich gehen lassen.
ausschweifen. ausschweifend sein.
ich kann in einem buch blättern.
ich kann es beiseite legen.
ich kann mich zurücklehnen und die augen schließen.
ich kann sein was ich bin und was ich sein möchte.

---

ich denke mir ein imaginäres damenkränzchen.
ich fülle die gläser.
kommen sie, meine damen, sage ich, wir geben uns noch einen.

---

ich bin ein großer, grauer bär.
es tröpfelt vor sich hin.
die spatzen freuen sich des lebens.
das gefühl, eine pflanze werden zu können, geduldig, unerregbar.

---

ein beständiger regen hat eingesetzt.
mein gully läuft zu.
die spatzen haben sich unters scheunendach verzogen.

---

eben stand ich unter einem baum.
es waren sterne darin aufgehängt.
ich folge meinen schritten zurück ins haus.
die entfernung, der abstand, der mich vom morgen trennt, scheint unermesslich.
die galaxie ist ein dünnes gewebe, hauchzart, verletzlich.

---

ich packe, frühstücke ausgiebig, stelle alles bereit.
ich bringe den müll nach unten, gehe eine rauchen, gehe
meine 148 schritte.
blaue luft. kein huhn am zaun. kein hähnekrähen.
doch ein hase hoppelt über das feld. der hat schicht.

---

fahre nach priwall hinüber. wandere von dort nach
rosenhagen zurück.
ein zweiter abschied von der wasserseite.
zuerst aber quere ich die grenze.
der nördlichste punkt der mauer: hier. hier, wo ich jetzt
stehe.
betonbrocken, betonblöcke liegen über den strand
verstreut. zum teil hat das wasser sie sich geholt.
das fundament des wachtturmes ist schon auf den sand
hinausgewandert. bald wird es ins meer gerutscht sein.
am 3. februar 1990 öffneten die grenzer das tor zum
strand.
ich versuche mir die zeit zurückzudrehen und stelle fest -
-- ich will es nicht mehr.
mögen die betonklötze im wasser liegen. sie sind ein
guter rastplatz für die möwen.
ein hund springt aus dem wasser, springt auf mich zu, legt
mir seinen ball zu füßen, schüttelt sich ausgiebig. ich bin
dankbar vor glückseligkeit.
eine lachmöwe, die einen kopfsprung wagt. erfolgreich.
von weitem schon ist das leuchtende weiß der schwäne
auszumachen.

warum sie ausgerechnet hier so zahlreich sind?
es ist eine schöne kleine bucht. einsam genug ist es auch.
einsam und schön. schön und einsam ...
ich kehre um.

---

priwall, waterfront. eine baustelle. doch schon jetzt sieht
es teuer aus.
unten werden geschäfte einziehen, restaurants, darüber
werden eigentumswohnungen zu haben sein. teuer, wie
alles, das am wasser gebaut ist.
wie ein luxusliner wird es aussehen, wie ein
kreuzfahrtschiff, bereit, die leinen zu lösen, auf die
lübecker bucht hinauszufahren.
davor, am kai, liegt die passat. die fährt nicht mehr
hinaus.
einer der letzten hamburger viermaster. 1911 bei blohm
& voss gebaut.
wenn ich es mir vorstelle, dieses schiff, unter vollen
segeln in den roaring forties --- es wird nicht viel
schöneres geben. und niemand wird es mehr erleben.
außer im traum (oder auf der kruzenshtern, der ex-padua,
wir erinnern uns: große freiheit nr. 7).

---

heimfahrt. himmelgrau. eine entspannte autobahn. über
hamburg beginnt es zu regnen.

183